Being Towards Death

Chen Peng

向死之先

陈鹏 著

山西出版传媒集团 北岳文艺出版社

·太原·

图书在版编目(CIP)数据

向死之先/陈鹏著.—太原:北岳文艺出版社,
2022.1
(70后实力派.陈鹏作品系列)
ISBN 978-7-5378-6477-0

Ⅰ.①向… Ⅱ.①陈… Ⅲ.①中篇小说—小说集—
中国—当代 Ⅳ.①I247.5

中国版本图书馆CIP数据核字(2021)第236765号

向死之先
陈鹏 著

//

出品人
郭文礼

策　　划
王朝军

责任编辑
王朝军

书籍设计
张永文

印装监制
郭　勇

出版发行:山西出版传媒集团·北岳文艺出版社
地址:山西省太原市并州南路57号
邮编:030012
电话:0351-5628696(发行部)　0351-5628688(总编室)
传真:0351-5628680
印刷装订:山西新华印业有限公司美术印刷分公司

开本:787 mm × 1092mm　1/32
字数:147千字　印张:8.75
版次:2022年1月第1版
印次:2022年1月山西第1次印刷
书号:ISBN 978-7-5378-6477-0
定价:58.00元

自序：碎片，中年，或其他

陈　鹏

最怕为自己写序。

说什么呢？要说的想说的，全在集子里，干吗还要说？

又不得不说。

《向死之先》是我两三年来几部重要中篇的结集。前三部，从名字上就可窥见三部曲的气息——诚然，人物差不多，名字差不离，年纪也相仿，又活在同一个城市，自然有精神上肉体上的高度连接，生活上情感上的高度相似。是啊，都是小人物，你尽可忽略的小人物，因为某次生活的“脱轨”，再也回不到从前了。而从前，也没那么美妙，不过是男主们徒劳的胡思乱想罢了，所谓今不如昔；其实过去哪有现在更真实？可他们看不清现在，自然，也就无法想象未来。

但终究是有未来的。我的小说不希望给人末路之感，要的还是希望，还是前途叵测也必须拼一把的狠劲儿。对，试试，再试试。

所以《黑夜之黑》中的男主牵着儿子的小手，从寻找妻子的山顶一步步走下，在黑暗中仰望星群，把蛮横的出租司机撂倒的情节，还是会打动我。不服输嘛，那就咬牙挺住，为了儿子扛到底，哪管儿子的亲妈跑哪儿去了，是回来，还是消失。

我们早就活在一个惊人的充满碎片的世界中。人与人的割裂，与物的隔绝，与己的疏离无处不在。你很难讲清楚原因。技术？互联网？文化？欲望？物质？总之，中年人，尤其中年男人躲无可躲，他们最大的难题不是龟缩于碎片深处，而是，怎样把碎片捏拢。

捏拢才是要义。否则，我们很容易倒下，被卷走，被灭掉。所以活在对抗之中才可确认活的意义。一箪食，一豆羹，而已。为自己，也为妻儿老小，也得尽量在一个匮乏的物化的碎片世界中尽可能挺身，活出意义。

所谓意义，又太重了。

中年男人已经顾不上什么意义。他们在乎的，不过是一天复一天，全力向前。

是尊严？没错，尊严。

当然，我的小说不可能这么简单，它还将传达这个碎片世界的种种复杂，以及，世界到底出了什么问题，我们的精神、道德、信仰又出了哪些问题。

小说嘛，无非虚构，但也许没有比虚构更能回答上述问题的了。

是为序。

目　录
Contents

正面全裸

我不认为我们之间不道德，我认为我们之间也就是简单的男欢女爱，最多有些体液交换，绝不牵扯其他。我的想法也许太天真，毕竟她来路不明，也不是我的私有财产，更不是我女朋友、妻子或性伙伴。从一开始就无其所是。有时候三周，有时候四周，周五傍晚我们去往玫瑰酒店807房。三个多月了吧。大约三个多月了。这样一来，我明白我被人利用了，但我并未把它搞个清楚。她是被人送来的。那个男人，远远站在街对面，身影模糊，光头硕大，冲我摘下一顶软呢毡帽，颔首致敬，然后像安静的马一般退入阴影。她出现了，像海豚浮出海面：亚麻套头衫，露脚趾的咖啡色凉鞋，漆黑的长发。腿也许裸着。全裸。也许没穿内裤。就像老雨果的艾丝美拉达。此时腾起一阵浓雾，那是汽车尾气和K城晚秋暮色的混合物。她冲破雾帐和阴影向我步步靠近，站在我面前，看着我，带着清爽神秘的意味，丰满又紧绷的身体宛如橡皮。我恍然发现街对面的光头佬消失了。我冲她点头，并肩走了很久，直到玫瑰酒店亮起霓虹。我指指那里。她点了点头，小心挎着我的胳膊，随我走向茶色玻璃大门。就是这样。故事通常就这么开始的。807号房有一扇厚厚的木门，进去后开阔雪白的空间没有丝毫色情意味。她褪下长衫，脱掉凉鞋，幽暗的光线将其肩胛骨和乳房上面那一小片平滑的滩涂渲染得相当优美，一对饱满的乳房结实上翘，有香槟的光泽；腰部纤细，让我想起周杰伦或汪峰的歌；腿很直，右膝弯着，刀子般瞄准我的小腹。她的脚踝、膝盖和髋关节比例恰到好处，也许用优雅也不足以形容；体毛明显修过，像一粒种子。她抬起手，将我抓住。我只好放缓节奏，任何鲁莽之举都会将她突然实施（或早有预谋）的裸呈破坏的。我稍稍退后，为了仔细看她。她忽然做了一个手势，嘴巴张得很大，发出类似坏掉的小喇叭的呜呜声。我明白了——一个无法说话的姑娘，一个哑巴。是的，千真万确，一个不能说但能听的小哑巴。我慢慢靠拢，轻轻抱住她。她抬头吻我，动作谨慎而笨拙。

就这么开始了。每三周或每四周最后一个周五，晚8点，固定不变。从807窗口望出去，城东环形山非常清晰，像淡蓝的鲸鱼骨架。但那不是真正的山，是巨大的城市垃圾，再细看时会让你想起挪亚方舟。嗯，我通常6点出门，楼下一个中年妇女仰着脖子唱歌；两只狗在花园里疯咬；几个孩子打起来了。我开车，从二环上三环。路灯闪亮，沥青路面像婴儿一样纯洁，巨型立交桥拖着复杂的影子，霓虹带快速拉伸变形。我沿三环下桥，经市体育馆调头回环西立交。玫瑰酒店就在桥东约两百米处。多俗的名字，玫瑰。K城遍地玫瑰，谁都以为它象征烂俗的爱情。我在楼下三块钱买了一把，最终还是扔了。不，不要玫瑰。我讨厌玫瑰。多丑的名字，玫瑰。各种店铺、广告、牌匾上的丑陋名字还少吗？就连我的名字，杜上，你听听，也丑陋不堪，可你有什么办法，父母起名的时候不会征求你的意见。总比杜下好一点吧。杜下。好在不是杜下。现在我告诉你她的名字里也许有个莉，也许没有，是我起的。我蘸着口水，写在她手心里的。莉。她乐不可支，然后在我手心里写道：同意。字迹必然娟秀，和她无声的笑容非常搭。我瞅见她一排整齐的牙齿以及后槽牙上隐约出现的极小的洞。可她的气息清新极了，像一只橙子。我吻着她，用舌尖寻找那个小小的洞，却以失败告终。我迷失了，像兔子迷失于森林。通常，我在玫瑰酒店酷似黑帮电影外景的地下车场停好车，沿干燥的带有石灰和下水道臭气的长廊找到电梯。这架老掉牙的“奥迪斯”也该换了，打开时发出抽筋断骨的咔咔声，上行时磕磕绊绊，像一场便秘；当它停下，是一次像咳嗽打嗝的重重一顿，仿佛随时可能坠毁。我猜它至少服役五十年了。我知道人们一般对背面之物忽略不计。酒店更重视大堂的直达电梯，有时候还在印有星期几的地毯上洒些香水。我抵达八楼，长长的过道沉默如海，我有些不安。807在西南角，尽头，向外凸出，像走廊的一只耳朵。7点58，我在807的“7”上轻敲三下。

那些高山，那些垃圾之山，哪怕距离如此遥远你也能闻见臭味——腐败、血腥、灰尘、泥巴混合的臭味，带着浓重的经长期发酵的腥甜，也许这个城市的大多数人早就闻它上瘾，再也离不开了。她趴在窗口，眯着眼睛，神态超然。那是值得一看的东西吗？他们之间，莉和垃圾之间有关联吗？我不知道，暂时不知道。不过，咱们走着瞧。

她想在纸条上写点什么，后来又把纸笔放下了。我倒希望我们之间一句话不说。不需要说。这辽阔的沉默啊，谁也抹杀不了干预不了的沉默，犹如高潮。但做爱可能是反高潮的，它平静谨慎，步步为营，什么也未留下，然后我们拥抱，让呼吸舒缓，让沉默降临。那才是短暂的如期抵达的极致啊。没有废话，没有争议，没有对峙也没有妥协，就像黑暗抵达黑暗。我又想起了海。其实我极少见海。长这么老最多见过三次。也许不是海，是她的汗水吧，就是那些泛滥又消失的汗水，带着柠檬味香味甜味臭味，它们源源不断，有时把床单弄湿，有时把我们黏住，有时让我们陷入。她娇小的乳房顶住我胸口，我什么也不在乎了，什么也不在乎，连死亡也不在乎。我们只有我们，我们只是我们。就像狂妄的冒犯。那个彬彬有礼的光头佬再也没有出现。一次也没有。照此下去没准我会娶她的，这个念头让我哈哈大笑。她用眼神询问我为什么笑。我摇摇头。娶一个哑巴挺好啊。我整天和语言打交道，写各种各样的新闻稿，贩卖各式各样的隐私——无论个人的集体的，还是社会的大众的，经审读后登在报纸上。这是我的工作。现在我再也不想和语言纠缠了。沉默，彻底的沉默多棒啊。她可不是一般的姑娘哪，莉，有时我从她发丝里嗅到淡淡的腥甜，和垃圾的气味差不太多。不用说话的绝大部分空白里，我们用连续不断的性爱填补它，从黄昏直至凌晨。有时也看一会儿电视。她不喜欢电视，就连国产电视剧也不看。她会躺下，闭上眼睛。我看一会儿就关掉电视，任凭她搔动我小腿上一块小小的疤，那是我踢球留下的。她目不转睛。我抚摸她浓密的长发。我听着她体内某个小器官发出唰唰的声音，像下雨一样。我们也会下地走动，赤身裸体。有时她饿了，我就给餐厅打电话，让他们送点吃的来。她吃得很少。后来她也随身带一些水果，苹果、香蕉、橙子、梨。她宁可吃它们，也不再碰酒店的鸡蛋炒饭和小锅米线。吃完她沉沉睡去。次日我醒得很晚，她已经走了，从不留下东西。任何东西，衣物啦纸巾啦头发啦一概没有，就连吃剩的果核、果皮也没剩下。我拽开窗帘，阳光扑进来，垃圾山只是一条蜿蜒的影子。我怀疑她是否来过。这个不说话的姑娘，莉，一个哑巴，是否真的来过。没有语言佐证的夜晚是否出自梦境？我是谁，我在哪儿？带着些许恍惚，我上卫生间洗澡，穿好衣服，退出去，带着深深的沮丧和困惑。807的门自动关上。咔嗒。响声沉重，清脆，像在我脑袋上敲打。我没坐电梯，步行下楼，尽可能轻手轻脚，不发出响声，似乎担心惊扰别人，或者，惊扰了早已消失的莉。

好吧，让我说说垃圾场。这地方远比你想象的还壮观：细窄的羊肠小道伸向里面，大得吓人的垃圾堆待在两侧，周围什么都有：可乐瓶、旧金属、破衣服、月经带、安全套、死猫。臭气刺鼻，成群结队的灰鸥盘旋不去，不时尖叫着向下俯冲。远处有推土机或挖掘机的轰鸣，它们像野狗一样把外围散落的垃圾铲起来，堆好。照此下去，垃圾堆终将高耸入云，出现一座垃圾的巴别塔。我不知道这个不足700万常住人口的小城哪来这么多垃圾，什么时候变成了名副其实的垃圾之城。变化总在不知不觉中发生，等你明白过来一切都晚了。我小心行走在垃圾之间，隐约知道我将遭遇一伙和垃圾打交道的疯子，将为此赌上名气和地位，要么再下一城写出一篇伟大的通讯，要么遭到攻击身败名裂。我毕竟是全K城最牛逼的记者啊。在南面，一座临时搭建的房子里，我们相遇了，这伙来自中部某省的外地人纷纷探出脑袋，执意带我见识垃圾发电的奇迹——在一个小小的坑里，一个戴眼镜的瘦高个儿从地上、垃圾堆上抓了几把垃圾扔进坑底，划着火柴，垃圾蹿出小小的蓝色火苗，很快，火越烧越大。之后，其余几人（他们像是他的小喽啰）将一根黑管子拽到火焰上面，火苗冲进去，黑烟冒出来，熏得我睁不开眼。眼镜男让我留意管道尽头那盏20瓦的小灯泡。大约三分钟后，火焰攒射升高，焦臭浓烈刺鼻，灯泡忽然亮了。是的，亮了。我看着眼镜男，什么意思？我说。电啊，他说。垃圾，发电了。

是魔术，我说，肯定是魔术，对吧？眼镜男从坑里爬出来，甩甩手，不是魔术，怎么会是魔术呢？这就是垃圾发电，是伟大的垃圾发电。没有电的灯泡怎么会亮呢？我说，如何证明是垃圾发电呢？这时候，光头佬出现了。对，那个退入阴影、把莉交到我手上的老家伙。他身穿黑西装，猩红的领带像一条舌头。这身打扮应该出现在婚礼上、乐队中，不该是垃圾堆里。他微笑着，向我大步走来，踩着垃圾的黑皮鞋嘎嘎作响。你好，杜上大记者，他说，向我伸出手。眼镜男介绍，他就是此项发明的拥有者，他们的头儿，伟大非凡的天才，举世无双的发明家。光头佬让我凑近灯泡仔细看，那下面除了黑管子之外一无所有。灯泡确实亮着，竟然在乱糟糟臭烘烘的垃圾中间发光发热。我将灯泡拔下，光消失了。接上，又亮了。如此往复，没有破绽。一点也没有。最重要的是，管子内部没任何东西接通灯泡。没有线，没有液体，没有粉状物。就像一场梦幻，当眼镜男将火扑灭，黑烟随之散尽，灯泡彻底寂灭。伟大的发明啊，光头佬说，人类缺的不是伟大发明，缺的是将其转化利用的决心。杜上大记者，你同意吗？

他们的垃圾小屋很大，也很深，像一个洞穴。此处有沙发、书桌、椅子、凳子，靠墙四张床，墙上有窗，黄昏的光亮涌进来，像融化的奶油。四面墙是破书、报纸、破塑料板、木头片、破布等垃圾拼凑压制的。眼镜男问我喝点什么，我说如果有咖啡就太完美了。光头佬笑起来，眼镜男走向长桌，娴熟地操作咖啡机为我煮了一杯咖啡。光头佬解释道，这里的电都来自垃圾发电装置，不足亿分之一的垃圾就足以维系他们一年的用电量。也就是说，这地方就像个电费全免的超五星酒店，电力取之不尽用之不竭。光头佬用一种迟缓、严肃的语调做了自我介绍：他是清华物理专业高才生，耶鲁大学博士毕业，回国后在某研究所工作多年，偶然发现了垃圾发电的秘密。但这世道啊，他的发明迟迟不被承认，他像个无家可归的流浪汉，一个无法出版伟大作品的诗人。很多恶棍欺骗他，敲诈他，他不得不返回K城——他的家乡，自掏腰包把这项伟大事业进行下去。家乡？我说，你不是H省人吗？他说他祖上是K城人，所以，严格说来他仍然是K城人。我说，连你这样的人物都不能实现理想，天理不容。他苦涩地笑了，轻声说，他在美国的时候每次听见《义勇军进行曲》就泪流满面，毕生最大的心愿莫过于用垃圾照亮地球，报效国家。人类用垃圾败坏上帝的美德，是时候恢复它的荣光了。是时候了。人类堕落的标志无非垃圾。这么多垃圾，不用它们回馈社会岂不让人的罪过更加深重？我说，万一，你的发明推广不了——他打断我说，没有万一。会成功的，也必须成功。

属于我和莉的周五黄昏格外温柔，我走出寓所，前往玫瑰酒店。通常7点55分抵达，非常准。守时是我做记者多年养成的美德。她比我来得更早，轻轻为我打开房门。除了正面全裸，她踩着暗红色地毯的脚趾上竟有粉色指甲油，她在地毯上行走时无声无息。我们以一个稍显犹疑的微笑开始，然后喝点什么，对视着，随意走动，坐下，数着窗帘上霓虹的影子，之后不慌不忙、一丝不乱地接吻，再慢慢进行下去。做爱的感觉真好。我们拥有一整夜。唯有性爱让我不再孤独，除非我在中途猛然意识到莉很可能离开，或者，我们固定的约会终究消散不见，就像那些来来往往的朋友和恋人们，得到了，又失去了，终究还会剩你一个人。终究如此。意识到这些的时候孤独来得更加迅猛，就像一杯暴烈的伏特加狠狠砸进胃部。但你会在无与伦比的高潮中平静下来，你会庆幸至少还有十二个小时属于我们，是我们的，绝对是我们的。整整十二小时。活着，以及活着的真相无非如此而已，孤独和对孤独的恐惧解决不了问题。此时唯有我们，完整的我们，不断向傍晚向深夜挺进，神秘而缓慢，却不失优雅，像一种植物按照内在节奏吐纳芬芳，搭出某种建筑，十分牢固，而且可能拥有巨大的杀伤力。直到我感觉疲倦，非常疲倦，在无声的世界里抱着她，稳妥地睡去，毫无防备也毫无想法地突然睡去，好像做爱的目的只是为了一次漫长的睡眠。但我从没做梦，更没梦见过她，也许，我的梦被她拿走了。我们偶尔在凌晨醒来，床头灯依然亮着。我们要么亲吻，要么互相凝视和爱抚，像在辨认什么。非常认真地辨认。她左眼窝有颗黑痣，下巴上也有。这让她瘦削的脸十分耐看。我喜欢她嘴角绽出的一抹羞涩，喜欢她忽然对我背过身去，身体随呼吸而震颤。我吻她颈窝时她笑了，无声地笑着，直到她背过身，用手臂环绕着我，你才能感到她被这甜蜜和缱绻填得满满的。

她还是走了。消失了。像我预测的那样。像那些出现又消失的恋人、朋友和亲人那样。

光头佬应该有个名字。叫他老王吧，正如我的很多小说里都有一个老王。那天老王解释了垃圾发电原理，我听不大懂，他们冲我遗憾地笑笑，其中一个胖得像只汽油桶的助手找出黑管子，说你仔细看。我仔细看了又看，透过管子，我一眼看到对面的垃圾墙，以及他们依次出现的面孔，麻木、期待、兴奋、悲凉。老王让我伸手探进管子里摸索。我摸了，内壁光滑，我猜是硬塑料做的。他说，关键就在于内壁，他为此耗去多年心血，一手研制的核能微电粒子通过内聚散热方式附着其上，遭遇垃圾散发的热量就可产生电流。我说，只要有热量，随便什么热量，就能发电？他的答案是否定的，说垃圾燃烧产生各种微物质，比如亚铁原子，少部分核酸、硫酸铜、氢氧化铝等等，三十多种微元素聚集，才能刺激内壁释放电能。我问他，究竟是垃圾还是管子放电？他说，二者缺一不可。他又做了一番更精深的解释，我什么也听不懂，又必须装出一副听懂的样子。我的咖啡杯空了，没人为我续杯。我很不自在。我一直不是科技专家，突发新闻（海啸啦、地震啦、暴恐袭击啦）才是我拿手的。是啊，我基本上是靠天灾人祸出名的。很快，我发现角落里躺着一只毛茸茸的灰色玩具熊，约巴掌大小，很脏，满脸懵懂。多可爱啊，所有的玩具熊都非常可爱。我离开椅子，捡起来，拍掉灰尘。一个助手解释说，捡的，就在外面垃圾堆上捡的。我点点头，若有所思地说，当然是捡的，我知道。

那天我带走了玩具熊。老王的助手，那个眼镜男明确告诉我这是垃圾堆里捡的。（这小家伙实在憨态可掬）他问我干吗要它，我说我也不太清楚，干吗要一只垃圾堆里捡的玩意儿呢？道别的时候老王笑着冲我伸出手，我只好和他再次握手。他悄声问我，玫瑰酒店807房怎么样？什么？我说。他的笑容保持不变，莉，他说。我在她手心里为她命名的莉，是他女儿。

我怀疑老王撒谎。他和莉真是父女关系？可比起某种关系，我宁愿她就是他的女儿，亲生女儿。我渐渐相信，那只玩具熊原本属于她，否则我干吗带走它？这只熊我一直放在床头柜上，和一大堆书放在一起，每天憨笑着，瞪着我，眼神时而严厉时而温柔。从春末到初秋，我和她认识三个多月啦，它一直待在那里。每次看见它，我必然想起莉，曾经存在过又忽然消失的莉。

一天夜里，她在纸上写字：我。她写道。我点点头。怀孕了。她继续写道。我惊呆了，几分钟后在纸上回复她：生下来，我想当爸爸。莉没反应。我问她什么意思，她不再写任何一个字。我又写道：想好了？她转过身去。

我们再次被无边的沉默包围。次日上午我回到住所，瞅着卧室里那只胖乎乎的我认真洗过的玩具熊，我一直没给它起个名字。没必要起个名字。也许应该起个名字。杜下如何？对，杜下。很好，和我很搭不是吗？

现在我必须写写这件事了，不写它绝对是不道德的，至少我此时的写作是绝对不真诚的。我们在干干净净没有丝毫消毒水味的走廊上待了很久，三个比莉还年轻的姑娘先后出来，坐着轮椅，由护士推着，去往单人病房。莉抬头看了几次挂钟，一只白底黑字的圆形大钟。我想象自己听见咔嗒咔嗒的走动，从一个格子走向另一个格子。医生又来催问。我来到走廊尽头，再次询问这种所谓无痛手术的全过程。她说，很简单，就是用一只小小的器械，探进子宫，吸走孕囊，全程不到二十分钟。就这么简单？我又问一遍。她有些不耐烦，是的，她说，如果我们解决不了，那全K城都解决不了。好吧，我咬咬牙。莉蜷身坐在长椅上，像一块浮冰。医生最后一次望着我说，你们决定了？我没说话。五分钟后，莉随她消失在手术室里。后来的情形大同小异，她被护士推出来时满脸都是泪，挥手冲我比画着：孩子呢？我的孩子！我搀她躺下，小声回答，没事了。也许是这件事迫使她离开的。我说的只是也许。

我无法确定。总之就在这件事情后不久，她离开了。消失了。807再也没有莉了。她心怀怨恨？怨恨我同意她的决定，好让我们没有负担？可是负担从未缺席，缺席的是理解，是彼此坦诚的那一部分。在空荡荡的807，在像漂亮牢房的屋子里，我一个人待着。莉消失了，我干吗还来？我要知道就好了。我不想再写什么狗屁新闻，一个字也不写，只想找到她，拨通她的电话。可我没她电话。一个哑女怎么使用电话？更没她地址——她真是老王的女儿？新的周五，一个佝着背的老男人穿着橘色环卫背心顶着寒风清扫落叶。其实没多少落叶可扫，只有昨夜大雨过后的积水。扫帚在玫瑰酒店门前的暮色中唰唰作响，我缓慢走入大堂，扭头冲他笑笑，但夜色太暗，他毫无反应。我绕到背面，乘货梯上八楼。打开房门。当然是空的。我躺下，窗外霓虹闪烁，内容与移民有关。后来我迷迷糊糊睡着了。无人敲门。没有。一点声息也没有。只能偶尔听到——也许是我的幻觉——唰唰的持续的扫地声。这声音在我梦境中，也在我清醒后的现实中推进，像上帝往我脑子里塞了一把扫帚。我醒来是9点40分，太晚了。我还是一个人。她在哪儿？她去哪儿了？结婚了？嫁给一个不说话的男人？还是出了一趟远门？沉默挤压我，摧毁我。忍无可忍。强光继续在窗帘上滑动。我有点冷，于是起床洗澡。我洗得很认真，洗了脑袋，洗了下面，攥住龟头仔细清洗着，就像刚刚做完一样，就像此刻她在床上安静而焦急地等我。

稿子被主编枪毙了。他说我脑子进水，一个名记怎么能写乱七八糟的江湖巫术？我说不是巫术，是我亲眼所见啊，垃圾发电了。他问我知不知道魔术，我说当然。他说你相信魔术？我说垃圾发电和魔术是有区别的。他说有什么区别？本质上，没有区别。这个邋遢的老男人一面抽烟，一面批评我状态不佳。一只手不断将落在桌上的烟灰扫掉。这只手很大，在仿橡木桌上拖出长长的痕迹。是的，我承认，状态不佳。一条狗也会打盹呢，何况名记。他说换点别的吧，写写范冰冰嘛，她来K城了，你约个专访。我说我不是娱乐记者。他说有区别吗？是记者就要采访，娱乐记者人手不够了。我没说好，也没说不好，几天后把垃圾发电的稿子改完，重新交他手里。这一稿相对冷静，初拟了导语：所有的垃圾都是相似的，但垃圾的再利用却各有各的不同。并且，我预备了两条导语供他挑选。A.当我面对发亮的灯泡，总会想起光头老王带我见识垃圾堆的下午；B.垃圾发电时代，来了！他扫了一眼，把稿子撂桌上，说他不会给我版面的，就是写出一朵花来也不会给我版面。我问他为什么，他低声问我收了多少钱。我说什么钱？他说你肯定收了对方的钱。我说他们没给我一分钱。他笑了，说你小子骗不了我。我沉默不语。他说放你两天假吧。我走出来。他还不至于开除我。我不知道他何以对一桩我亲眼见到的奇迹这么大意见。接连两个礼拜我无所事事，四处晃荡。我有资历晃荡，人到中年了，想干什么就干点什么吧。只要有吃的，有床睡，就不用担心。何况我有一套房，一套三居室的房，虽然旧一点，但容纳我一个人，容纳我这么一个单身汉绰绰有余，何况我还有一辆车，一辆二手捷达车。我尽可以躺在过去的资历和名声上晃荡，想晃荡多久就晃荡多久。

垃圾的山谷大得无法形容，不时出现报废的电冰箱、彩电，偶尔还有破汽车；各种衣物、家具、假植物、垃圾袋、报纸杂志。还有一些闪闪发亮的东西，也许是一枚勋章或一面镜子。如果忘掉臭味和恶心的粘脚的脏东西，你会觉得此处波澜壮阔、宏伟无比。阳光从垃圾峡谷上方俯冲而下，蝇群和灰鸥喧闹不休，你眼睛都睁不开了。这个巨型的臭烘烘的王国实在太大了。半小时后，我们流着细汗返回垃圾小屋喝咖啡。老王说最近有投资人想买他的专利，但他要的不是小钱，而是引起上面的足够重视，造福全人类。他自信地说，他比爱迪生伟大，基本上与爱因斯坦打个平手。他彬彬有礼地问我，什么时候见报？我一时语塞，不知如何回答。他轻轻摇头说，他有远大理想，不希望被人一直漠视下去，就像外面的垃圾。这些没用的垃圾。一个人要是活着不被承认，和垃圾基本就没什么区别啦，死后追认毫无意义，人们记住的只是符号，是被强加的认可，人只有活着就实现价值才是价值所在。你说呢？我摇摇头，不想就此辩论，我知道我根本说服不了他，也多少有些怕他。就因为他是莉的父亲？我小时候曾想干掉我父亲，趁他午睡时我在他脖子下放只碗，接了水，拎了刀，想一刀把他喉咙里的血放干。可他忽然醒了，一脚将我踹进墙角。我才三岁半哪，年幼的我后悔没及时动手。后来他死了，在我三十岁那年，死了。脑梗，当场毙命，毫无痛苦。他死了，我才感到什么东西没了，永远没了。我该杀的人也许是我自己。我为什么不杀了自己？我为什么想杀一个给我生命的男人？没退路了。活着本来就没退路。但我没勇气自杀，更没勇气杀了我爸。后来他脑梗死后我就开始想他，非常想。我知道他无可救药地爱我。说什么都晚了。我告诉老王，主编不发稿子是它带有显而易见的欺骗性，这种事情，真的反而像假的，正如垃圾的本质，无用怎么可能有用呢！老王说，欺骗？他们究竟相信什么？那些高高在上、尸位素餐的蠢货除了钱和女人还相信什么？再这么下去，垃圾场再这么下去，K城市民就得在家门口拉屎拉尿了。我怀疑老王患了强迫症或臆想症。也难怪，这么多年来他的发明始终困于方圆几公里的小角落，他干吗不带着助手找个地方表演？他越是像马戏团小丑一样满不在乎，才会让更多人真正在乎。老王说他在很多城市，尤其南方城市都表演过，要么被斥为骗子、流氓，要么说他是街头卖艺的。偶尔，他和助手满不在乎地点燃垃圾，得到的掌声反而更多。有人往他们的垃圾盆里扔钞票，最多一次收到三千现金。用这些钱，助手们买了一堆手纸。垃圾场一样不缺，就缺干干净净的手纸。

老王打量我时，当他认真看着我，就像在检视我的内在缺陷。记住，他说，我超出了你的理解，但我对你毫无隐瞒，就像上帝对我们毫无隐瞒。你理解吗？我说，理解。其实我不理解，可我反驳不了，他身上自有某种气息让人膺服，甚至令人崇拜。他问我说，难道我的发明不比阿波罗登月伟大吗？我说，对不起，老王。他问我对不起什么。我沉默片刻，问他莉在哪里。他说应该是他问我啊。我说，她不见了。他说，不见是什么意思？我说，走了，不辞而别。他陷入沉默，这一次拖得稍长。她不在我这里。他缓缓说。不过，她肯定会回来的。任何人，何况是个女人，都会毫无理由地消失几天嘛。

莉毫无音讯。807空空荡荡，像一种苍白的惩罚。我想她，想她的亚麻衬衫，想她的赤裸，想她宽广的几乎无意义又充满意义的沉默。想她的皮肤——摸上去微凉，有金属质感，也有金属气息，像一块铁沉在咖啡里。如果往好处想，也许她并非生我的气，而是被老王绑架了，直到我以一篇惊人的报道才能将其赎回。也许吧。我承认我迷恋上她了，虽然她是个哑巴，一个如此精致的哑巴。我猜她也就二十出头，没准还要年轻。我从没问过。我在807的大床上躺下，从干净熨帖的床单上捕捉她的蛛丝马迹，可是没用。一点用也没有。我冷了，盖上毯子还是冷。我怀疑自己发烧了，我走进卫生间，用喷头冲刷脑袋，几分钟后弄干自己，走出来。第一次提前走出807。次日主编再次——第三次拒绝将我的报道变成铅字，他还是老一套，建议我再歇几天。我说我很好，不歇了。他说他已经讲得很清楚了，我为什么要一意孤行？任何一个读它的人都会骂我们脑子进水了，像垃圾发电的疯子一样脑子进水了，或者，我，大记者杜上收了一大笔黑钱。他质问我，到底收没收钱？我予以否认。他说，那你要让报社背这黑锅？他摆弄着桌上一只钥匙扣，翻过来，倒过去，啪挞，啪挞。他说你要让你的同行看你多久笑话？我说，什么笑话？他说你跟一个搞垃圾的疯子混在一起已经是天大的笑话，而且，你还跟他的什么女人搞在一起，这不是交易又是什么？我没说话，没告诉他那是老王的女儿。他说你听着，你搞任何一个女人都跟我没关系，没半毛钱关系。关键的关键，你不能搞了他的女人就必须为他发稿——清醒一点，你是老手啦，你该知道你哪怕收了他钱，搞了他女人，也可以一个字不写。凭什么写？我没法回答。他以长辈的目光审视我，说你想度个长假吗，想吗？比如非洲。你不是崇拜海明威吗，那就去看看乞力马扎罗的雪。我还是没说话。长长的走廊让我想起807，想起她宽广的沉默。他又说，为这种稿子毁掉自己，不值当啊兄弟。他继续摆弄钥匙扣。我问他，没有别的办法？他说，什么办法？我摇摇头。他说他理解我，一个单身中年男人，撞上个漂亮妞就搂不住了，但总可以选择的，一切有路可走，有台阶可下。选最好的，于己有利的，如此一来，你就赢了。我没说话。窗外有一棵硕大的枇杷树，像死掉一样静止。我忽然说，那是他女儿。主编睁大眼睛，谁的女儿？他，我说，垃圾场老王的女儿，是个哑巴。主编说，哑巴？是的，我说，我睡了一个哑巴。

玫瑰酒店，我的应许之地。路上花40到45分钟，不会更久。除了走过一次大堂，我无一例外乘货梯上八楼。出电梯，右转，连接走廊和走廊的弧紧绷着，而她，将外套、T恤、内衣脱下后的她将在门后等我。我知道我们之间是暂时的，她被利用，被唆使，最终被抛弃，甚至，被杀掉。她，一个哑巴，对很多人来说，包括她父亲，也许什么都不是。我无法判断她对我的想法，我越来越不善于判断一个女人的想法了。即便如此，即便早有预感，还是觉得太突然了。不，没什么好担心的，她像野草一样能在随便哪个鬼地方，哪怕最冷的北极和最热的赤道扎下根来。而我，真该买张机票去非洲。她没准就在那里——多荒唐的念头。塔希提。约翰内斯堡。我没有她的联络方式，她没给过我，老王也语焉不详。我没提那孩子呢，还没有。我想有朝一日带上她带上儿子去非洲猎狮。是的我喜欢非洲，那儿有焦炭般的黑人，有无边的沙漠，有老虎豹子，还有老海明威的乞力马扎罗的雪。但不可能了，没有儿子，永远没有了。807空荡荡的，整饬如新房或殡仪馆的空空荡荡。床单簇新，又亮又白，散发着洗衣粉的气味；对面霓虹消失了，我又能敞开窗户拉开窗帘。地毯上有化纤和消毒水味，椅子里沙发里也有。我坐下，像打量陌生人一样打量床。最终我还是上了床，将脸尽可能埋进枕头、被褥，寻找她的气息，寻找我们留下的点滴痕迹。我从纤维内部，从早就被清理的散发着薰衣草香的细枝末节里嗅见莉的香味，一种百合、月桂和迷迭香、鼠尾草混合的气息，它多多少少与神秘、素食、沉默和流浪有关。她是莉，一个陪伴我三个多月的哑巴。这气味也许是流失的孩子留下的，就像隐喻，或惩罚。难道我还要为自己辩护？难道我还要卑鄙地替自己说话？六月的最后一个星期五，一切如旧。货梯。石灰水的气味。撕裂的墙纸。807，我开了门，发现不太对劲。屋里烟雾缭绕。是莉？当然不是，她不抽烟，更不抽这个牌子的男士烟。

男人姓张，自称是莉的未婚夫，也就是未来老公。他让我叫他老张。嗯，老张。老张头发稀疏，脸上布满皱纹，像个饥饿的流窜犯。他小心翼翼坐在沙发里，我只好坐在床上，就像面对一个不速之客。我开始怀疑自己的处境，也开始怀疑我是否走错了地方。他说他见过我，就在报社大厅里见过，因为我是本城名记杜上嘛。他经常读我的报道，写得很好。他说，你很有才。我打断他，问他找我干吗。他轻声咳嗽，按灭烟头，说他也在找莉，问我有没有她的消息。我说我哪来她的消息？何况，我怎么知道你是她未婚夫？她那么年轻呢，而你——他打断我，搓着两手，抬头看着我说，这些天他右眼皮跳个没完，莉，会不会已经被杀了，就扔在她爸的垃圾堆里？我说不可能吧，你想哪去了。他开始诅咒老王，他那个老王八蛋，一定是他害了莉。他怎么能这么干呢？……他说不下去了，剧烈喘息，一再强调说他最近被不祥的预感牢牢抓着，吃不好也睡不着。莉极有可能出事了，否则怎么可能说消失就消失呢，就像从没出现过。

我没料到莉有未婚夫。这个自称老张的未婚夫说他今年四十四岁，也许年纪是大了些，莉才二十三呢。不过他从没结过婚，没有任何婚史，迄今也就谈过三场恋爱。他心地善良，身体健康，除抽烟外无任何不良嗜好。最重要的是，他在区政府干了大半辈子（哦，资深公务员），主管水利预算之类。这当然是相当体面的工作，甚至是百里挑一的。我很有礼貌地说，你到底想干吗？他摇摇头，说他不想干吗。他能干吗呢，他只是她的未婚夫。虽然她是聋哑人，可他，一个四十四岁的老男人，同意了一个疯子上门求婚要把女儿嫁给他的请求。他不在乎她是个哑巴，他和我一样认为哑巴非常之好，今后再也不用说废话了，人干吗说那么多废话？我表示同意。是啊，他继续说，残疾不是缺陷，反而，反而让她完美，或者说趋于完美。我再次表示同意。可他从未与完美的莉生活过一天，完美的未婚妻反倒经常跑来和我幽会。我隐隐有些不安。他原以为，当他们将我利用得差不多了，她随时会回到他身边，可他什么也没等到。除了一顶绿帽子，莉消失了。我打断他说，那你眼睁睁看着她被人利用？他挠挠头，让我原谅他的懦弱，那个人毕竟是她的生父，有可能大获成功的疯子，所以老张既是受害者又是共谋。我不知道该说什么才好了。我们沉默了一会儿。我不太能接受他面对我的姿势类似审讯。我能感觉到白色床单在屁股下绷紧，微微下沉，纤维彼此拉拽着。他说话了，说他每天抽三包烟，也就是六十根烟。一个公务员竟能抽这么多烟。此外他身材魁梧，算得上臃肿，像一袋巨大的土豆。我忽然对这个家伙产生了些许怜悯。他问我要不要也来一根，我同意了。是本地红塔山，我品不出好坏。默默吸了几分钟后，我们吐出的烟雾已经把我和莉的807搞得乌烟瘴气，我这才发现他也许是故意的。他故意要将我们留下的痕迹、气味统统抹掉，让此地仅仅留下他的气息。这也许给他带来了强烈满足。老张说，如果有人，有利益集团想要将莉抹掉，就像弹落烟灰一样简单。我说，以我多年记者经验判断，这种可能性微乎其微呀。老张使劲晃动着摇摇欲坠的大脑袋说，你太天真了，太天真了，我知道很多时候……他说不下去了。我找到电热水壶，给他烧了开水，找到袋泡绿茶。我将滚烫的茶水放到他面前的茶几上，他把脑袋埋在两手中间。他说他想念莉，想念她去年春节为他做的香肠，他没几天就吃完了；他还想念仅有的和她逛公园的快乐时光，他们默默地看着翠湖里两只黑天鹅游来游去，忽然消失在假山后面。你有没有这种感觉？他说，一种行尸走肉的感觉。每天坐在办公室无所事事，但你一直很忙，而且忙得不得了。你害怕谈论，害怕说话，害怕任何形式的交流。你走出办公室也不行，你觉得憋得慌，原因也许是你不知道明天是否还活着。你怀疑自己有病，而且病得厉害，也许是肺癌、肝癌或胃癌。你担心这个担心那个，你连你能否混到平安退休也说不准。你会跑到街上，你会对陌生人说话，对狗说话，对垃圾桶说话。可到底说什么呢，你说两句就没下文了。你无话可说。你原本就无话可说。你想找个熟人聊聊，或者最好的发小，可他没空陪你聊，他有一大家子人要养活。他比你的状况差得多，他的女儿患了心脏病，急需手术，而你帮不了什么忙。她也许会死，也许再也好不了了，谁知道。你觉得诧异，他为什么不把这些话好好告诉你呢？为什么不找你说说这些？彼此说说，聊聊，喝一杯。但再也没有闲工夫了。你只能对一条狗说，对垃圾桶说，对乞丐说。他们有的是时间，但诡异之处在于当你面对他们你又无话可说了。于是你只好回办公室去。你回去，坐下，写文件，看材料，喝茶。就是这样。也只能这样。这就是你的生活。也许你该自杀，一了百了。可死后呢，老婆成了别人的老婆，儿子成了别人的儿子，管别人叫爹呢。我还没和莉举行婚礼，还没有孩子。可我四十四了。我也许就快死了。我快死了而我还没做一回新郎，太他妈悲摧了。他喋喋不休。他说有两三个月他睁着眼睛挨到天亮，已无法忍受各种荒诞不经的暴力，可每天打开电脑全是荒诞不经的暴力。我说，你到底担心什么？担心一切。他说。担心我总要担心下去。一直这么担心。没道理，也没出路。没松开过，也没好转。一直压在那里，像巨大的废铁。没有希望啊，没有。我对狗说话，对垃圾桶说话。这就是我的生活。他扭头看着我，低声说，后来，我自己去看过黑天鹅，结果，你能想象吗？它们死了，被杀了，毛扒光了，被开膛破肚，就扔在假山的山洞里。你能想象吗？谁干的？天知道。老张低头不语，也不再抽烟。因此，他怀疑莉已经被他们关进地下室当性奴或直接杀了，肢解了，尸块很有可能就在那些打包的垃圾袋里，就在老王的垃圾王国里，而他已经用她发电了。他说这番话时脸上出现谵妄惨痛的表情，差点哭出来。我告诉他，你想多啦，莉不会有事的。这种事情只会发生在好莱坞电影里，不太可能发生在K城。他们在等我出招呢——写出报道。老张说你太天真啦，就算报道写出来了，见报了，又怎么样呢？我答不上来。我理屈词穷。这事超出了我的想象。但至少说明一件事，我和莉的关系太脆弱了，她随时可以结束它。我心存侥幸。人总是心存侥幸。我写过很多莫名丧生的人，无论年迈年轻，死亡都太简单了。莉会死吗？已经死了吗？老张干脆站起来，摇晃着狗熊似的身体来回移动。我歉疚地拍拍他的肩，他敏感地向后退去。我有点瞧不上他。至于如何进到807的，很简单，他跟踪过莉，也跟踪过我。今天他提前把房费结了。那么，他无助地望着我说，我走了，你好好休息。抱歉，抱歉我那么唐突。他深深叹气，面容恢复平静。我呢，我就像在自己家里，向一位闯入者挥手道别。然后开门，关门。咔嗒。又剩下我自己了。我打开窗户通风。空荡荡的房间，一个被莉的未婚夫买断的充满烟味的房间。

霓虹恢复了，换了广告词：英吉利出国留学移民快速安全有保障。我拉上窗帘，将人民路的喧嚣隔开。霓虹的影子有块面，有光圈，有一粒粒圆点。我和衣躺下，第一次感到荒谬之极。我似乎躺在老张的卧室里，躺在烂泥里，躺在梦境的梦境，躺在沙漠里。我张开嘴巴，在烂泥和沙漠里呕吐。我想扇自己耳光，抽自己几下。老张的话让我发现我们都是病人，有着相似的症候。最要命的还不是这些，还不是喘不上气，无路可走，无处可去，而是莉的行踪，是他的猜测也许是真的。太可怕了。但可怕的事件不是每天都在发生吗？不能再这样下去。不能。毫无意义。总该做点什么吧？

我打开笔记本，链上Wi-Fi，看了看非洲地图。我知道莉不会在那里。可她为何就不能在那里？她可以在任何地方。约翰内斯堡。开罗。内罗毕。卡萨布兰卡。哦，卡萨布兰卡。

我花四十分钟又修改了稿子，准备再次递交主编。然后我下楼开车。深夜的K城还算干净，街边行人不多。我在新都龙城停下，乘自动扶梯上楼。这个巨大的商业中心据说开到凌晨。我逛了耐克店、苹果店和化妆品店。啊，苹果推出了超大光圈手机，针对男人的除皱产品卖得相当好。我在化妆品区来回溜达，发现一个长发推销员和莉颇有几分神似，我上前搭讪，当她发现我无意购买任何东西时，相当困倦地打了一个哈欠。我只好买下一袋面膜，打算再见莉时当面送她。姑娘高兴起来，塞给我一份除皱传单。我谢了她，但没讨要电话或微信。她说你该除除皱了，真的，叔叔。她居然叫我叔叔。我走出来，待在走廊尽头，忽然发现一个人，一个唯一站着一动不动的中年男人，长相酷似我，杜上。我不敢惊动他，与之保持十来米距离。此处可瞭望K城西城——灯火冲上天空，一条条金色波纹在云层上面滚动，像上帝遗落之物；在下方，没完没了的汽车蜿蜒，拥塞，亮着灯，以极慢的速度前进。我乘自动扶梯下楼途中还发现一只橱窗内的玩具熊，和杜下差不多大，眯着眼冲我傻笑。我也冲它笑了。这家玩具店早已打烊，铝合金卷帘门严丝合缝。我想莉了，很想她，非常想她。而我，每月与之幽会的男人，竟然再也找不到她。我在一楼打了主编电话，问他莉有没有可能被杀了，他说你怎么能问出如此幼稚的问题？她自动消失不是很好吗？再说，她被杀了和你他妈的有什么关系？我说，也许，她在非洲？你觉得呢？他说完就挂了电话。

从三环到二环，二环到一环，又从一环绕回三环，我抵达时已过零点。我听见几声狗叫，暗夜中臭味浓烈，比原来有过之而无不及。垃圾山是腐败、恶臭的汪洋，但它们臃肿高大，有种难言之美。我不能想象，莉，已经成为垃圾的一部分。我往里走，没有灯光，没有指示牌，没有老王或眼镜男出来迎接。熏天臭气中渗出甜味，像腐烂的苹果。我往东走，零星的狗叫声十分遥远，城市也很遥远。月亮出来了，满地金属片、碟片、塑料片闪闪发亮。我真羡慕老王，一个自我流放者，一个藏身垃圾堆并且懂得如何利用它的天才。我抓出一些碎屑：废纸、灰尘、金属，忽然摸到一团圆滚滚肉乎乎的东西。我吓坏了。也许是猪下水、臭肉，或一只死猫。我扔下它往前小跑，脚下坑坑洼洼，我摔了几跤，吃了一嘴垃圾，我吐出来，恨不能把舌头剪掉，把喉管切断，将食道拔出。前方出现灯光，是一盏耀眼的白炽灯。我听见轰隆隆的马达，像金属搅拌器或冷凝设备。我循声大步往前走，一路跌倒，爬起，又跌倒，我笨得像在噩梦里，浑身上下仿佛溃烂了，臭了，和垃圾混为一体。我终于找到他们，强烈的光源照见一个大坑，老王及其助手围在大坑边缘往坑内抛撒垃圾。喧嚣来自坑内的机器，它很大，比水泥混凝设备还大；它将各种各样的纸质垃圾吞进去，嚼碎，燃烧；一根粗大的黑管子连着机器出口，坑底铺满废旧书籍、报纸、杂志、纸张，眼镜男不停将它们塞进机器。老王或跳下坑去，或跳出坑外，已满头大汗。我猜这长相酷似青蛙的装置又是老王的一大发明。但为什么只用纸发电，不用别的？既然他的发明没人支持，干吗还要干下去？照此劲头，中国早就超英赶美啦。当他发现我时，立即按下停止键，机器发出歇斯底里的吼叫，然后轰然停下。他朝我走来，大声说没想到杜上大记者深夜光临。我说你们玩命哪。他说一百年太久，只争朝夕；他说他刚刚发现纸张，尤其是书籍杂志那种高档轻型蒙肯纸将大大提高发电率，经测算，其成效是普通塑料垃圾的五倍以上。我说何以见得。他说你看嘛，这本书（他将一本大约600页的废书抓在手中，是杨绛翻译的《堂吉诃德》）充分燃烧就能产生5度电量，而这个，（他抓起一只塑胶阳具，它紧实，圆润，沾着乱七八糟的污秽）中看不中用，也许0.5度电也产生不了，可它是眼下最流行的东西。而书呢，书，还有多少人看书？我们经常收到一车一车书，很多是好书，比如这本，我知道是好书，可我也没读过，那就对不起了，只能拿它发电。我正想说要不你把这本书送给我吧，话没出口，那个胖助手已经抢过《堂吉诃德》扔进机器，按下按钮，它立即在短促的轰鸣中消失了。我张了张嘴，倒霉的堂吉诃德，不单在书中历尽艰险，还要在遥远的东方挫骨扬灰。但很显然，机器功效惊人：这些书报刊遭焚化、利用，为那盏三千瓦白炽大灯提供了燃料，它亢奋地罩住我们，将方圆数十米照得雪白。老王说，他们要干到天亮，再干到夜晚。

老王，莉的父亲，此时就像个累坏的艺术家：皮鞋脏兮兮的，衬衫领子上全是汗。我猜他三天三夜没睡了。七天，他说，七天没合眼，七天来我最多站着打个盹。最困的时候人是可以像马一样站着睡的，一点也不难。我说你这是何苦呢。他说找到各种垃圾的转换率才是最激动人心的啊，而最最激动人心的莫过于发现书报刊的发电功率。那么，剩下来的事情是，他问我，何时见报？都三个多月啦，他，一个伟大的发明家，一个海归博士，一直在肮脏的黑暗中煎熬。他粗重的口气喷到我脸上，我扭头闭眼，陷入更深重的臭气之中。我睁开眼时，他恢复了绅士风度，目光里似有深沉的怜悯。杜上大记者，他说，你睡得着吗？当你想起你和莉一起度过的日子而你没写一个字，你睡得着吗？我没吭声。他叹口气，又说，我信任你，可我还是什么也等不到。每天，每天只有这些没完没了的垃圾。我问他，莉在哪里？他说你不知道全市每天要运来多少废书，太多的书，加上乱七八糟的报纸杂志，足够一个城市一个月的用电量啦。我说，莉到底在哪里？他再次凑近我说，我需要你的报道，杜上，你干吗不把今天看到的报道出去呢？我穷追不舍，莉呢，告诉我莉在哪里！他摊开手，说他怎么知道？虽然她是他女儿，但她来去自由，从来不受约束。我问他是否有这种可能，莉已经，已经被杀，并且肢解，扔进垃圾场……我说不下去了。老王笑了，说杀他女儿的变态还没出生哩。再说，对于一个还没应用的项目，莉不可能是牺牲品。他的助手们每天检查不明垃圾，从未发现异常。我说，这么多垃圾，这么大地方，怎么可能检查得过来。他说，行啦，大记者，女人的消失是这个世界上最稀松平常的事情，根本不用担心。他拍拍我，说以他处理垃圾的经验看，莉不可能被任何人处理，因为他的女儿从来不是垃圾，也不可能变成垃圾。我说那你告诉我，她在哪里？他说该出现的时候她自会出现。我在黑暗中盯住老王傲慢又焦躁的脸。他说你瘦了，你很憔悴，你要操心的事情太多了。你看不到事物的底部，也就是本质。你总是被现象，也就是事物的外表迷惑和操控，对吧？你现在知道我为什么跟垃圾打交道了？垃圾一目了然。是的，我说，垃圾只是垃圾。等待，他说，你现在要做的，无非等待。

我去了807，我是带着玩具熊杜下去的。我把它留在枕头上，写了字条，交代服务员将其留下，不要拿走，也许会有人回来取它。之后，我步行下楼。我走得相当慢，慢得时间和空间仿佛凝固静止。而我，一个陌生人，一个闯入者，只是晦暗的墙壁衍生出来的影子。

那个湿漉漉脏兮兮、人们把伞尖的水甩得到处都是的雨天，医院走廊又长又深，像个地窖。我们在医生办公室待了几分钟，随后莉抽血化验。报告确凿，孕期超过两个月。不过，按照医生的说法，孕囊还小，顶多核桃那么大吧。检验报告各项数据正常，没有传染病，没有偏高数值，除了白细胞稍低之外。我们再次探讨了手术，我说要不生下他吧，生下儿子。莉毫无表情。大雨自尽般砸向玻璃，变成一摊一摊细小的无法辨认的水渍。她不是不能生下孩子，不是不能嫁给我，一个糟老头，一个还算著名的报社记者。也就履行一项简单手续：领证，住我家里。没任何障碍。就算不久之后我将知道我们之间还有一个公务员老张，也没有障碍。但她不答应。她硬得像掺水的沙子，沉默增加了它的分量。我坐着没动，漫长的等待像要把前半生抵押上去。我走到外面。在三层平台上，竟然有一个小型儿童乐园，巨大的彩色滑梯和蠢笨的塑料大象矗立不动，一个人也没有。我上到平台，脚下的塑料泡沫地板似乎倾斜翻转，将我缠住了。我爬上滑梯，出溜下来。如此往复几次，我在大象脚边待了几分钟，起身返回走廊。一名护士向我解释，医院当然也附设产科，会有孩子跑来这里玩耍。我说没见什么孩子啊。她说有，每天都有。但那天我没碰上任何一个孩子。我回到椅子上，天黑下来，雨停了。我在一片静谧中等待莉的归来——从生命另一头归来，从麻醉的死亡中归来。我们活着，但上帝不让我们活着就拥有值得拥有的东西。死是必须的。我的儿子死了。死解决了活的烦恼。那我该高兴？该为我们活着而不是马上就死而高兴？我耐心等着。护士来回小跑，走廊很暗，没什么人。几个刚出来的姑娘披头散发坐在轮椅里，穿着病号服，像精神病患者或脑瘫病人，眼里噙满热泪，被护士推进各自病房。我看着她们在焦黄的门后消失，弹簧撞击的砰砰声响亮刺耳。我不知道她们如何挪到床上，并且，没有一个男人陪同。没有任何人。我继续坐着，时间凝固了，像一只手抚摸另一只手。我来到走廊尽头。雨又淅淅沥沥下起来，焦急、悲戚地扑打在玻璃墙上。透过玻璃，我看见三楼平台的塑胶大象。鼻子很长，脑门是蓝色的。滑梯只剩一角，像神秘的发射装置。它们一直空着，现在，在重新降临的雨水中，它们更显落寞。我转身回来，这一次大概不到三分钟，手术室的门开了，莉被推出来。在她现身的刹那，我突然发现她的蓝色病号服如此之大，苍白的面庞如此之小，小得像一个刚从滑梯上出溜下来的孩子。我站了站，凑上去想握她的手。护士说让开让开，去病房。我跟在后面，进去后护士让我搀住她，两人一起用力，将她扛到病床上。然后护士挂上针水。我瞧着莉，她似乎哭过了，眼里有热泪，脸上也有泪痕。或者，你也可以认为她刚开始哭，但尽量不让泪水涌出来。我问她，怎么样？她还不太清醒，但知道我在问她，也知道我在问什么。她张开嘴巴，发出呜呜声。我大概知道她想说什么了：孩子，孩子。我无法回答。她默默流泪，仿佛老了许多。护士插话说，麻醉过后都会难过的。她让我去一趟医生办公室，我去了几分钟就回来了（请注意这个重要细节），病房桌上放了面包和牛奶，莉摇头表示她不想吃，什么也不吃。我接了半杯水，她咕咚咕咚喝干净，我又接了半杯，她又喝光了。我坐在椅子上。她抬头看我，目光清澈，像我们初识那天，那个傍晚，那个深夜。像做爱之后。我瞧着她，攥住她的手。就这样陷入熟悉的沉默，无边无际的沉默，像大地和时间一样。我亲她的手，能闻见抗生素气味。但很好，不用担心什么了。我把脸埋到她臂弯里。虽然空空荡荡，虽然这种感觉被沉默放大并且格外强烈，我仍感到满意。我满意而又心酸。莫名的满意和心酸。我累了。我是有点累了。我该睡上一觉，枕着她的手臂，枕着有抗生素气味的手臂睡上一觉。眼前除了雪白的墙，什么也没有。

稿子被毙。又写，又毙。从来不曾这样，从来没出现过连写数次不让通过的。主编说我也许跟疯子待长了也成了疯子。我不觉得我疯，不觉得他们该把我送进医院，用电激我，用针扎我，用冰敷我，把我捆起来，给我吃各种颜色的药片。不用。我要的只是一次简简单单的发表，一次见报的机会，哪怕只是很小的豆腐块，我要告诉读者有一群傻瓜干着惊世骇俗的大事。也许老王是对的，他打垮牛顿，赶超爱迪生，直逼爱因斯坦。我只要两千字见报。他熬了三年，还是等不来区区两千字。那最多是一则地产广告的篇幅。我觉得我龌龊肮脏，像垃圾一样龌龊肮脏。

我尽力了，不单请主编吃饭，送了他两条烟一瓶茅台，但肉包子打狗。干脆什么也不做不说了，只是等待。他总不至于把我开了，我好歹混到了奔五的年纪。他不至于像打发叫花子一样打发我。后来他终于说，杜上啊，你必须改变策略嘛。我说，你的意思，我该送你钱还是送你小三？主编跷起二郎腿，说你不是菜鸟了，你当然知道一则必须发表的新闻必须是真正的新闻。我若有所思。点点头，又摇摇头。但我明白了。瞬间就明白了。是的，新闻必须是新闻，否则我怎么可能让它见报呢？

那个下雨天，医生告诉我说不能让莉再怀孕了，她的子宫壁相当薄，像纸一样一捅即破。再怀孕可能习惯性流产。我难以置信。她才二十出头啊。医生摇摇头。我问了几个问题，诸如为什么会那么薄，大约流产几次。医生说你还不清楚？也许三次，也许四次。我说我真不清楚，一点也不清楚。医生又说，她不是你女朋友？我没说是，也没说不是。她说，她是残疾人哪，她真是你女朋友？是的，这一次，我坚决说，她是我女朋友。哦，她说，理解。从医院出来，我们打了一辆出租。司机问去哪里，我说随便找个地方，随便。医生究竟理解什么？真的理解？三个，或四个。我忽然明白自己为何难过了——并非因为我不是每个孩子的父亲，而是因为数字本身，为了一个遭受这么多创伤而我竟毫不知情的莉深深难过。我无法想象她一再重复类似手术，更无法想象即使做完手术我们仍在807幽会。我无法想象。我无法想象这些。而我，干吗要写稿，要讨读者欢心？上帝知道我多辛苦，可报纸还是崩塌了，被网络和手机撞沉了。不做记者做什么？还能做什么？我像条狗，新闻的丧家之犬。我们下车，随便找个餐厅坐下。我点了汽锅鸡。是的，这种时候她需要这个。我满怀歉疚。似乎是我，只是我，才给莉带来了这么多伤害。她才二十三岁啊。汽锅鸡上来了，她摇摇头，样子就像被践踏的草坪。外面又下起雨来，我听不见雨水敲打玻璃的声音，但仍可感觉到大街上车轮碾过积水的吱吱声。我接连把鸡肉夹到她碗里，她总算喝了鸡汤，然后扯了扯头发，眼神迟滞而困惑地望着我。我想不出话题。现任市长被抓了、中印边境冲突、巴黎地铁爆炸、特朗普危机跟我有关吗？垃圾，都是垃圾。我们沉默，像从前一样，但比从前更沉重。我喝了鸡汤，把她碗里的喝了又盛满。我想起那个儿童乐园，于是问她是否见过那把滑梯和蓝色大象。莉摇摇头，两手摊开，放在桌上。我上卫生间，在洗脸处待了很久，在那片灰暗的带水渍的镜子前站了很久，我发现自己又老又憔悴。出来时，她不在那里了。是的，座位空空荡荡。我预感到故事已走向终局。我坐下来，勉强吃了点东西。我结账出来，青年路熙来攘往，地面又脏又湿。我担心莉是否有足够的体力打车回家。可她走了。消失了。从此消失了。就是那天黄昏消失的。我从青年路走到环西路，途经五一路、国防路、金碧路。我走过了所有的一模一样的K城主街。当我发现自己就站在玫瑰酒店对面，我的鞋已经被积水打湿了。我没进去，转身选了新路。

牺牲，谈到牺牲，老王说不就是引刀成一快，不负少年头？他哈哈大笑，伸出四根手指。我有四个助手，他说，他们随时准备牺牲。至于我，我的使命是好好活着造福全人类。如果在K城取得成功，就不必担心北京、上海、广州甚至巴黎、纽约和东京了。上帝是公平的。我说万一呢，我说的是，万一。你看，你居然被你自己的计划吓住了。他说他百分之百支持我，他已经在垃圾场窝了三年，三年来对垃圾分类、转化的研究世界领先，但三年来助手换了六批，一共十几个人先后离开，坚持下来的是真正的理想主义者。后来四个年轻人出现了，甘愿为他抛头颅洒热血。不过，垃圾场的生活没什么压力，饿了有酒有肉，没衣服穿可以捡到八成新的牌子货，比如他身上这件西装就是阿玛尼的。他们越来越胖。新的问题出现了，在漫长的等待、守望中慢慢消耗却未必看见希望，伟大的发明几乎没有问世的可能。一片虚无。有多少人不怕虚无呢？可是，他看着我说，那些离开我的人，那些城镇青年，他们哪里知道，当他们走出垃圾场，当他们回到所谓正常的人生轨道上，他们要面对的，难道不是更可怕的虚无？就连垃圾发电这点盼头都没了，他们只是活着，像猪一样活着，太简单啦，随便什么人不都活着？只要不撞上凶杀、毒药和车祸，都会活着。我说，这四个小伙伴凭什么听你的？他说到处晃荡的小子太多了，他们需要偶像哪。此时，我们站在垃圾场外长满杂草的小径上，臭味依然刺鼻。我猜老王早就不觉其臭了。嘿，杜上大记者，他盯着我说，我会不折不扣执行你的计划。他两只通红的眼睛在暗夜中闪亮，似乎为这最后一搏兴奋不已。我张了张嘴，身体暗暗发抖。他说，好了，你快回家去，好好睡一觉。不用担心莉，她总有一天会回来的。会的。你放心吧。

他们选好了日子。那天我出门下楼，在小卖店买了一包烟，虽然我不抽烟。嗯，昨晚皇马又赢了，内马尔去了大巴黎。又有人自杀了，据说是儿子不给他看病钱而自杀的。另一个女人，被毒蛇咬了一口毫发无损，蛇却死了。到处是奇奇怪怪的新闻，不独老王这一件。世上到处是小偷和骗子，到处是恶棍和流氓。你说不准你哪天就死。也许很突然，也许很平静。被毒死，被打死，被逼自杀。各种各样的死。但如何知道我们错了呢？我们所犯的错误，无非亵渎上帝。醒醒吧，让我们更纯洁，像个孩子。我有罪啊，我杀了我的儿子。我来到一个小区门口，走向一座深灰色阳台，阳台上有一盆娇小的蝴蝶兰。莉住这儿吗？似乎就住这里。离开807，晚10点，她返回这里，走上阳台，蝴蝶兰轻轻颤动，符合她一贯的沉默。我继续靠近，一个老保安盘问我去哪里，找谁，我没回答。我不太明白一个六十多岁的糟老头子如何捍卫小区居民的生命财产安全。问话得不到回应，他就像条狗一样围着我转悠。我退到街对面，继续打量那扇灰色窗户和灰色阳台。房子是典型的新世纪风格，浮夸，矫饰，急于展示艳俗的实用主义。屋顶上，一条电线耷拉下来，门卫室也有些倾斜，那个老头，追不上任何一个小偷的糟老头，仍执拗地盯住我。我想象莉就站在那里，在阳台上，微眯着眼睛，沉默，凝固，如大理石雕像。老头朝我走来，一面走一面拉紧裤洞。我等着他横穿马路，走到我面前。你找哪个？他说。你是哪个？我问他，那间屋子住着一个哑巴？一个年轻漂亮的小哑巴？他大声说，你有病吧，哪来的哑巴。滚！他像训斥一条狗。我巴不得这样，巴不得他当我是个疯子。我转身疾走，他在后面骂骂咧咧，大意是我他妈故意的吧，我骗不了他，要么是个贼，要么是人贩子……垃圾，他说，你们这些垃圾。

我来到文林街。一无所获。没有莉，那里住的不是莉，不会是莉。老头说得对，我病了，也许是个贼，一个人贩子。最终是垃圾。谁又不是呢？空气中似有莉的香味，糅合鼠尾草、玫瑰、脂粉、洗发水、润肤露的清爽气味。风很大，行道木呼呼低吼。我想要的，不过如此而已，就像孩子走进幼儿园之前挥手向你道别。街道很窄，行人很少，大多是年轻焦虑的男人女人。黑摩的司机们斜跨在车上等候生意，但没什么生意。他们的数量超过了打车的。小吃店像捣烂的阴户一般洞开，几个小工趴在桌上打盹。我在人民西路接到老张电话，就是莉的那位苍老的小公务员未婚夫老张。他问我莉有消息吗？我说没有。他沉默着，我能听见他粗重的喘息，然后他说，完蛋了。我没说话。他最后说，谢谢你，兄弟。我来到东风路，曾经发生奥迪车撞人事件的公交站台连一丝血迹也没留下。广场上，打太极的老头迟缓地伸腿、挥臂；在音乐核心，广场中部，一伙老太太欢快的步伐和肥硕的身体极不协调。她们扭动、跨步，像奶牛闯进猪圈。我绕过三个报刊亭，亭子里早就不卖报刊了，遍布各种饮料。看亭子的大妈问我，矿泉水？我随手挑了一瓶，付了三块钱，转身时发现广场中央乱起来——音乐骤停，人们纷纷跑去。出什么事了？我说。报刊亭大妈张着嘴巴说，出事了，肯定出事了。

现在我很想念莉。想念她长长的手臂环绕我，想念她香甜的气息，想念她满头乌发像墨汁一般从乳房两侧倾泻而下。想念我们并排躺着，身体冒着热气，泛出细汗，像窃喜的罪人，紧紧拥抱又短暂分开。有时候，我们甚至懒得上一趟厕所，直到膀胱快憋炸了才起身。807的卫生间和大床之间只是一片玻璃，莉坐在马桶上，冲我微笑，起身，反手拉下水闸；逆光的身体就像砂纸打磨的沉香木。她走出来，走向我，双腿笔直，面带微笑，身体骄傲地展开，没有丝毫犹豫，将微暗的房间和雪白的墙瞬间照亮了。

他们就在那里，就在东风广场中央，老王西装革履，三个汽油桶般的胖助手和黑鬼一样高瘦的眼镜男散开站在他周围。他们静默、奇特的姿态吸引了大量围观者。之后，一个胖助手给自己浇上汽油，气味随风扩散；眼镜男掏出火柴，开始喊话。

沉默的老王让我想起莉，他们身上的确有共同的东西。但究竟是什么东西，我暂时没有答案。眼镜男用一种煽动性的语言讲述他的主人——光头佬——这十多年来的伟大发明，不时配以充满力量的手势。他说完后，围观群众窃窃私语，然后高声咒骂，说你嚷嚷什么啊，听球不懂。有人鼓动说要点火就赶紧的，都忙着呢。有本事，你们去市政府大楼啊。我举头望天——月亮上来了，像一片白色的垃圾。眼镜男继续解释垃圾发电，我知道无人相信他。一个字也不会相信。无人理解，自然无人相信。人们习惯了谎言，也就绝不轻信。垃圾发电似真似假，也许因为过于逼真反而失真了。有人说你们有病啊，你们有病。有人说已经报警啦，警察立马赶到。有人说烧烧烧，快点，老子还要上班。老王做了一个下压的手势，他的沉默给了他某种权威。他开口说话了，家乡口音浓重。朋友们，我亲爱的老乡们，我是垃圾发电的发明人。你们只相信你们亲眼所见，不相信你们可能所见，不觉得自己傻吗？人活着要有理想，我为理想拼搏了三十年。我想让我的发明帮助你们，我等得太久啦。亲爱的老乡们，你们就不想见识一下我伟大的，比爱迪生还伟大的发明吗？你们难道认为，我是江湖骗子？他的话引来一阵骚动，有人往他身上扔东西，也许是一枚零钱，或一只汽水瓶盖，总之叮当有声。眼镜男着手实验，人群安静下来。一袋垃圾，一截管子，一只灯泡。我感到呼吸困难，似乎眼前的一切从来都不是真的。我真的不明白到底什么东西才是真的。眼镜男划亮火柴，垃圾堆蹿起火焰，黑管子上方的灯泡瞬间亮起。人群发出惊叹声。我拍了拍手。有人跟随我也拍了拍手。但很快，这项伟大发明立即遭到质疑，有人嚷嚷说这就是魔术嘛，魔术。就连我也越来越糊涂了，开始怀疑它就是魔术。在一些视频里，魔术师当街就把观众砍成两半，被砍下的上下半身照样满街乱跑。如果那种东西不是真的，我凭什么相信老王的实验就是真的！接着，人群爆发出阵阵哄笑。眼镜男歇斯底里，而那个胖子，浑身汽油的胖助手一直呆站着，瑟瑟发抖，好像已经为牺牲做好了准备，却又被死亡吓得要命。点啊，你们点啊，快点啊。群众催促着。老王看着眼镜男，后者看着胖助手。胖助手从他手里接过火柴盒。打开，取出火柴。人们屏住了呼吸。远处，警笛声响起来了。胖助手的模样让我想起玩具熊杜下。是的，看上去都傻乎乎的。他忽然笑了，摇摇头，将火柴扔在地上。人群一阵哄笑，立即作鸟兽散。胖助手抱歉地看看老王，又看看眼镜男。谁也没说话。他们站着。我也站着。我们四个人呈不规则的平行四边形站立，一动不动。我不知道接下来怎么办。同样的，我相信老王也不知道。后来胖子小声说，我们撤吧，警察来了。

去哪儿呢？无处可去。因此我纳闷莉为何消失得如此彻底。难道玫瑰酒店807三个月来的肌肤之亲，那种男女之间的亲昵和信任都是我的幻觉？解释不了，也不合逻辑。现实的逻辑是，我们该继续约会，继续在固定时间重返807，哪怕我们失去了一个共同的儿子。我们一起杀了他。难道，莉被负罪感压垮了？还是，她想避免被我这种健全人继续伤害？或者，这就是她和她父亲（天知道他究竟是不是她父亲）策划的阴谋？没有答案。但我对她的思念没有减轻，反而变本加厉，就像淬火的刀子高高举着，我伸手，它就后撤，在我视线中烙出焦煳的疤。我忘不了莉，忘不了她发丝的气味和皮肤印在手掌中涣散又聚拢，忘不了她冲我微笑时嘴角出现的一丝戏谑。我忘不了。所以，我又回去了。我睡了一夜，次日9点离开。

垃圾场不会逃走，它始终在那里，在它一贯耸立的地方。我踩着那些脏袋子、破布、碎砖、塑料来到垃圾小屋。门大敞着，老王就在那里，背对我，灰西装有一团团线头。我走进去，光线很暗，非开灯不可。我能闻见他身上的汽油、垃圾混合的衰败。我叫他，他没吭声。我走过去，发现他的身体微微发颤。不过，也许是错觉，其实他很平静，两手抱膝，坐在地上。我说他们呢？他不回答。我又问一遍。他的说话声像从墙壁里传出来似的。散了，他说。这么一折腾，他们再也没有留下的必要了。我劝他赶紧走，警察会严肃追查的。他没吭声。我又说，留得青山在，不怕没柴烧啊。他终于看我了，非常平静地看着我，大光头亮得惊人。我说你要留下来？他问我，饿吗？什么？我说。你饿吗？他又说。我摇摇头，又点点头。于是他起身，不慌不忙给我热了一只羊角面包，煮了两杯咖啡。它们香极了。之后，我们坐在灯光明亮的由垃圾发电的屋里，静静等待，并不十分清楚等待什么。后来，我说，你这里还有别的东西吗？他说有，土豆、苹果、火腿。他问我想吃什么。我说随便。他起身洗净土豆，切片，爆炒，再搁水焖熟；火腿放进盘子里蒸透；我们三下五除二就把这堆东西全吃了。他又煮了咖啡，低声说，当年他在乡下也挨过饿，饿得他捉了一只老鼠烤了吃。味道真美。不信你尝尝。没尝试过的事情，都该尝一尝。我盯着咖啡，无法想象老鼠的滋味。天很快就黑了，臭气在外面，也在屋里飘荡，像一片破烂的床单。我似乎看见莉了，她从黑暗深处浮出来，像从时间之炉里萃取出来。冲我微笑，将我抱住，温柔地抚摸着，就像抚摸她散失的儿子。

天越来越黑。黑得我看不清莉。但没有她。我知道没有。她在我的幻觉里出现又消失了。我闭上眼睛。807，她的长发蓬松，沿乳房两侧垂下，瀑布似的遮住乳房。是她，是莉。沉默的莉。消失的莉。她用湿漉漉的带泥味的嘴唇吻了我的嘴巴，然后像只鸟儿飞出去了，不见了。我坐着，像被捆在椅子上。我要站起来，但没什么力气。这种时候，就像坐以待毙，就像进入最漫长的沉默。她也许只是我头脑中遥远的内部，我曾在那里游荡，现在凝固了，失去了，非常渺小，不值一提，或推动四壁，用尽全身的劲儿，就像我们第一次那样。没什么可怕的。可我仍然感到害怕。害怕我变成别的，别的什么东西。毫无价值，随波逐流。就像莉是上帝派来的敲钟人，让我提防我自己变质，像垃圾一样溃烂，发臭，被清除掉。然而谁也免不了被清除。我们能做什么？我忽然明白能做的还有很多。可以继续做下去。可以不抬起双手。可以顽强地咬着牙，继续喘息，往前走。也许所到之处比你想象的还远。

我起身出门。可你知道，出来就什么也看不见了，四周一片漆黑，一片涌动不休，尤其在夜晚特别臭的漆黑。我被包围，被敌视，被遗忘。除了黑暗，只有蜿蜒起伏的垃圾，它们完全不在乎我。我高声呼唤莉的名字，但恶臭将声音吞了，也吞了我记忆中的正面全裸。我很难过，因为我意识到我也许再也见不到她了，而我什么也做不了。我明白我爱上她了，爱上一个哑巴。而我，还没为他们做任何事情，没为她的生父发表一个字。我羞愧不已。但我尽力了，真的。不是我的错。人为刀俎啊。黑暗中，呼喊声很大很响，也十分空洞。我逡巡前进，狠狠跌倒几次。我爬起来继续高喊，莉——莉——我知道她就藏在某处，就在垃圾的深处，最深最深的地方也许纯洁如北极地一样。她藏在她的黑暗中，等着我又不需要我。不，她什么也不需要。她只是她而已。她本来就不是我的，从来不是。我回过头，老王的门大敞着，他仍在椅子里正襟危坐，那身黑西装让他显得镇定而超然。去吧，他说。去哪里？我说。你知道，他说。我若有所思，不敢确定他所说的真实性。灯光下，老王冲我乏力又坚决地挥了挥手，像是诀别。我扭头前进，直到回过头时再也看不清他了。一个罩在垃圾灯光下的光头佬。一个绅士或者疯子。我继续高喊，我的声音在垃圾场内传得很远，尖利而凄凉。远处响起警笛，但很快平息了。我跑起来，垃圾山没完没了，月亮从偏远的尽头升上来，通体金黄。我借助月光想看清脚下的垃圾之路，隐约知道老王要干什么了，我猜到了。费解的是我的去处。我知道我来自哪里，一个乡下孩子，一个奋斗的码字工。我将去往哪里？我奔出垃圾场才感到异样：热浪从后面涌来，大火的速度快得惊人，火舌舔舐天空，很快就变成一片把天也烧着了的火海；在火焰、浓烟之上没什么黑管子。什么也没有。除了火，只有火。这些烧掉的垃圾将不再发电。热浪扑过来，让我不得不往外奔去。外面，汽车、行人都停下来，我看见金红色火焰在目瞪口呆的男男女女的瞳仁里喷射；几条流浪狗发出惊吓过度的哼哼声。一个中年男人凑近我说，咋了？我没回答。他很不爽，气急败坏地说他报警了。是你放的火？他说。我还是没说话。我看着你从里面跑出来的，是你放的？我仍不说话。烈焰掀起的热浪、臭气席卷一切，这个城市还有相当一部分，甚至99%以上部分远离大火，但在我看来它彻底着了。火焰越升越高，带着凶狠的谴责。但必须承认，它极其壮美，超乎想象，超凡脱俗。空气烫得让人透不过气，垃圾发出噼噼啪啪的响声，让我想起807房间扑到窗户玻璃上的雨点，当然，也是莉手术那天的雨点，像某种警告。但莉不会有事的，老王也不会有事。我知道该去哪儿了。希望一直都在。一直没有消失。我拔脚飞奔，向着远处飞奔。浓烟、灰烬和热浪从身后推搡我，捶击我。跑啊，跑。活着就该跑啊。有人说喂喂是你点的火是吧？我只顾往前跑，咬牙切齿地跑，不在乎自己是否哭了。我抱着强烈的信念，跑呀，跑。我将找一辆车，随便什么车，直奔玫瑰酒店。她就在那里，我相信她就在那里。807。我们的起点。我会在数字7上轻敲三下，然后等着，等着她，为我拽开房门。

向死之先

不可舍怒到日落。

——《圣经》

一

进门之后他没打招呼。不用打招呼，打了等于没打，没人搭理他，没人管他。只要找个地方坐下，倒杯茶喝着，看他们把手里的牌一张张打出去。他会猫到老扁身后看他出牌。老扁很讨厌他在身后像条狗似的喘息，发出呼啦呼啦的声音，将满嘴的烟喷到后脖颈上。老扁会说方休你滚一边去。他不听，抬手扇老扁后脑，说你给老子闭嘴。老扁打几圈就打不动了，让方休上来。另外三个：黑启德，马基，王九嘲笑老扁手气臭到家了。四人鏖战二十几圈，直到隔壁厨房老许说，开饭了，才扔下麻将涌出去。打掉整个下午，人人累得够呛。况且黑启德说过，又不是职业赌徒，该吃饭吃饭，该睡觉睡觉。他们坐上老许的圆桌，八菜一汤，除了鸡鸭鱼肉，还有酒，是方休在宜良开酒坊的爹精心酿的好酒。方休爹的宜良酒坊生意很火，你要是想喝他的酒必须提前三个月预订，否则一律售罄。方休觉得让他们喝爹酿的酒是他们的造化，他们应该像过去在学校里一样待他——他曾经是他们的头儿，染着金发，穿萝卜牛仔裤，大方头皮鞋，红塔烟粘在嘴上。他们在录像厅熬过无数个通宵，《英雄本色》看了二三十遍，刘德华张曼玉钟楚红也看了很多，周星驰张国荣李修贤更不在话下。无人不喜欢叼着牙签的小马哥，最爱他为了掩护兄弟从容赴死。走，你走。小马哥喊道，转身还击，立即被打成蜂窝。他们模仿发哥刘德华把隔壁卫校一党小子开了瓢，为此损失了一个兄弟刘冻，他为众人扛罪，被勒令退学了。他们把他送回白马小区的家，对这个宽大的地盘十分满意，于是留下来混了三天，把冰箱里的东西全部吃了，把刘冻老爹的各种好酒喝个干净，最后打的赶回茨坝技校，翻墙进去，把宿舍的人一个个叫起来，没及时出来迎接的被罚去操场跑步。他们拎着酒瓶蹲在看台上，看那小子光溜溜的脑袋在月光下上下游动，直到扑通跪地吐个干干净净，然后方休。也就是当时的头儿会说，走，干烧豆腐。他们第二回翻越学校大门来到亮晃晃的茨坝街头，扎进扑鼻浓香，围拢低矮的四方铁皮桌子坐下，一气点一百只烧豆腐，让老板砸两件啤酒上来。重返宿舍是凌晨四点，他们约好不上课了。天王老子来砸门记大过也不踏进教室半步。有事一起扛。随便。大不了拍拍屁股追随刘冻回家算逑。这种鸟学校，这种烂专业，上个鸟。主意已定，一气睡到中午，中途没人敢来叫他们上课。从来没有。午饭时间他们横在食堂门口，全班三十个男生凡经过者一律从饭缸里奉献一大勺饭菜，哥儿几个夹道候着，一口一口吃饱了才一个个放行。老师也不敢管，低头走开装没看见。后来他们打了校长，那就是另一码事了。校长姓孙，长一副狗脸，瘦得像竹竿，走路的时候仿佛脚下有地雷一踮一跳的。方休说我们收拾他吧。他要不签字刘冻走不了。黑启德挑头说好好好，必须收拾一下。马基、王九当然不反对。一点反对意见也没有。计划早早定下来，他们挑个日子，用茨坝街头捡回来的装洋芋的麻袋把孙校长蒙住拖到球场边小树林一顿痛打。他们以为天衣无缝，但随后解救老孙的校工老张说看见他们了，看见方休的牛筋底翻毛大皮鞋了。孙的感受十分强烈——落在身上的狠踹几乎要了他的命，那种力道那种硬度那种让两只耳朵爆炸的刺痛，非翻毛大皮鞋不行。他纠集政教处教务处把方休传到校长办公室，方休一见裹着脑袋斜乜眼睛的孙校长就扑哧笑了。这一下不攻自破，要撇清都不行了。孙校长为显示公允，让他再踢他一脚试试，他踢了，孙校长说你再狠点，再他妈狠点。他使劲用力。孙校长惨叫着说对对对，是他，就是这个狗崽子。他马上撂了。他们关起门来准备揍他。孙校长说算了，何必跟一条狗计较？劝退。方休说，好。孙校长小心问他，你为哪样打我？我有哪点对不住你们？方休摇摇头说没有。没有？孙校长非常纳闷。他无法理解无缘无故的暴力，就像无法理解一个女人半夜三更爬到你床上，所以他最看不上《聊斋》。方休说我真认不得，认不得就是认不得嘛。孙校长说我晓得你们是为刘冻。方休说不是我们，是我。孙校长说就是你们，你们好几个。算了，你想一个人扛那就扛着，其他人我概不追究。方休不说话。孙校长继续斜乜着受伤充血的鱼泡眼说，你们何必用一个更大的错误掩盖一个很小的错误，你们根本救不了他，除了毁掉自己，你们所做的毫无用处。方休说你的话我不懂。孙说你会懂的，总有一天，你会懂的。方休说反正，反正我吃饱了，闷得很。他说完这话就昂首挺胸走出校长室，劈面而来的阳光像警告，也像挑衅。他冲太阳啐了一口，噼噼啪啪奔下楼去，回到宿舍收拾东西。

黑启德马基王九问他情况咋样，他说他马上追随刘冻四海为家浪迹江湖。哥仨沉默片刻，一起找校长求情，说事情是他们一起干的，不能只罚方休。孙校长说好，很好，你们集体退学算了。哥仨回来也收拾东西，说要走一起走。方休像扛着炸药包一样肩扛包裹冲到教学楼大院里嚷嚷，有种冲我来，冲我方休来！孙校长站在四楼回廊高处，挺身向下望，其余人等保持沉默。他们知道对付一个小子最厉害的招数无非沉默。方休叫嚣半天毫无回声，所有人，几乎全校教职工齐刷刷站在高处向下俯视他，就像盯着一条蛆。他莫名惊恐，声音越来越小，最后像兔子一样蹿出教学大楼，跑回宿舍，说找把斧子将他们一个一个砍翻算逑，砍翻了一了百了。他口干舌燥，声音发虚。其实想躲开，想逃离，永远避开这些人，过另一种生活。绝对意义的另一种生活。换个地方就好了。生活的意义也许就是换个地方就好了。他想叼一支牙签，像小马哥一样抖擞风衣走出学校大门。实际上一件风衣也没有，牙签再多也没用啊。三个兄弟跟在后面随时准备从容就义，再也不想回到这所弥漫着厕所和煤渣臭气的破技校。中途遭到班主任拦截，他说让方休一个人先回去就行，没必要都陪他送死，否则这将是技校历史上最轰动最耻辱的事件。他求他们给他个面子，回去，回宿舍去。三个家伙不愿撂下方休，他们渴望效仿《纵横四海》里的兄弟有难同当有福同享。他们拒绝了班主任好意，信誓旦旦地说除非方休也回去他们才回去，否则免谈。班主任说好吧你们先回去，我去找校长，总会有办法。四人勉强返回宿舍，将大包小包撂在地上。一个小时后班主任赶来宿舍说有办法啦，方休回家取钱，赔校长钱，再写一份检讨，留校察看，记大过，事就了了。方休鼻子里喷出鄙夷不屑的哼哼声，其余三个也喷出哼哼声。他们将椅子翻过来双扣。天擦黑的时候事情急遽变化，一个五大三粗的家伙闯入宿舍问哪个是方休。方休挺起胸脯说我，你找——话音未落，此人一巴掌扇得他晕头转向。一时无人跳出来英勇反击。全懵了。按照后来方休的话说，忽然底气不足，觉得此人才是真正的黑帮老大。也就是说他们自以为是的暴力终究会遭到更大暴力的全方位碾压。他们面面相觑，浑身哆嗦，说不出一个字，也没人抄家伙。来人说他是孙校长的儿子，孙校长年纪大了，他当儿子的不能坐视不管。有种你出来，出来我们单挑。出来。他指着方休。你们要一起上也行，随便。走，去外面。此人一步跨到门外候着，四人咬咬牙抄了家伙出去，没想到院子里还站着五条彪形大汉。他们刚出去就遭到一通袭击，满鼻子满脸的血和深入骨髓的疼痛让他们头一回害怕了。他们浑身冰冷，在地上蠕动，爬起，按对方要求靠墙而立，连脸上的血也不敢擦，只能弓腰背手，垂着脑袋，再次觉得自己渺小得像蛆一样，心脏在暗夜冷月和凄凉的晚风吹拂下怦怦挣扎。方休大着胆子问对方究竟咋整，对方说，一、赔礼道歉，二、赔一笔钱，三、滚出学校。后来的走向基本上按照络腮胡子的要求发展，方休像只小鸡似的被他拎起来重返校长办公室认错道歉，然后通知他酿苞谷酒的老爹赔了三万块钱。孙校长总算大发慈悲网开一面同意让他继续念下去，但记大过一次并塞进档案袋里。后来方休才知道，是他的酿酒师老爹偷偷给孙校长及其来路不明的络腮胡儿子下跪磕头，才确保他继续上学拿个技校毕业证的。他爹走的时候哪样也没说，给他留了一瓶60度苞谷酒。方休毫无办法。没有一点办法。他要是不在学校待下去，就会让他爹那一大笔钱和遭受的羞辱全部打水漂。只好忍着，像吞下一口大便一样忍着，直到毕业。毕业说来就来，他夜里揣着毕业证跑到孙校长办公室门口拉了一泡屎，次日兄弟们作鸟兽散。他想在学校对面城中村租个小屋候着，专等孙校长溜达出来断他一条腿。但事与愿违，毕业之后忽然想开了，忽然觉得生命之意义也许就在于及时放下，何必纠缠从前，何况自己有罪在先。反正这个烂学校一辈子也不想回来了，再也不想见到各路牛头马面了。

最后一次见孙校长是多年后在市中心顺城楼下，孙头发花白，像老年痴呆一样颤颤巍巍，身边除了一条竹节拐杖一无所有，络腮胡儿于无影无踪。他没想到伟大的孙校长十年不见就老成这样了。本想上前打个招呼——时间终于让青春期荷尔蒙事件发酵为伤感和愧疚，忽然觉得自己该对这个摇摇欲坠的糟老头子负责，就好像那次翻毛皮靴的突袭才把他打成今天这样的，就好像他们一不小心就把伟大的孙校长彻底毁了。唉，罪不可赦啊。尤其发现孙的米色夹克上有一团污渍——也许是吃米线弄上去的，方休热泪盈眶，赶紧转身离开。再回头的时候，熙来攘往的人群将衰朽的孙校长抹掉了，就像从未出现，就像那个衰病的影子是他瞎想出来的。当年咋个用麻袋套住他脑袋来一次突袭？对，为了刘冻。可是刘冻和哥几个明明错了，恶行的由头居然是恶行遭到惩戒。真是荒唐。像蛆一样，和待在楼房天井中仰视所有老师冰冷讥诮嘲弄的惨白狰狞的脸的感觉一模一样。他也许真是条蛆，一条拼命蠕动不可救药的蛆，无聊的暴力只不过证明自己无可救药而已。十年之后，他终于想通了。

嗯，现在他们开始吃饭，喝酒，聊女人。黑启德咂摸着嘴巴，一气吞下三片粉蒸肥肉，干掉半杯白酒，像国王一样靠向椅背，眯着眼睛点燃红塔山，问他们最后一把为哪样放水让方休赢了两百，他们说他昨天输了五百八呢，好歹让他赢一把，否则他就再不上桌了。黑启德说做梦，你们以为他输个几百块就不玩了，也太小看他了，他脸皮相当厚呀。他们嘿嘿笑一阵。黑启德说吃完我们遛狗去，我们去东面大厂遛狗。狗日的混账回来了，狗日的混账终于回来了，它跑了七天七夜？七天七夜呀。马基、王九附和说是的，七天七夜。厨子老许说是啊，不是七天就是八天。黑启德问咋个跑的，老许说链子松了，一不留神，跑球了。黑启德说被哪家骚母狗引的，老许挠挠脑袋说不晓得。黑启德又问是哪个松的链子，众人沉默半天也未想出究竟。方休忽然举手说，我。黑启德扭头看他。方休说那天，那天下午，我跟王九跑车回来，我觉得混账被拴得够呛，一天到晚活动范围不超过三米，我就——你就，你就手痒了？黑启德说。我解开的时候它没跑，它照样躺着一动不动，我以为它根本就懒得跑，再也不会跑。这地方好吃好住，每天晒大太阳，它咋个要跑嘛。黑启德嘿嘿笑，说我就是想球不通它咋说跑就跑了，伙食不好？够好了。老许说，方圆五十公里，没一条狗像它这样吃的，比我老爹吃的还好，顿顿有猪肉汤泡饭，我操。黑启德说我最恨无缘无故跑掉，无缘无故背叛。有难同当有福同享啊。我就是想不通世道咋个了，想当年哥儿几个抄家伙冲出宿舍冲进院子也要跟一帮老狗日的拼命，现在倒好，连一条狗也会跑掉。你只要给它骨头，它就跑了，你只要给它母狗，它就不回来了。黑启德说完将杯里的酒一气喝干，马基将牙签纸巾递过来，问他晚上真要遛狗？他说给我湿纸巾啊，这种擦屁股的纸给我擦嘴？王九和老扁嘿嘿笑，老扁拿脚踹马基，说咋个做事的，咋个做事的，还想不想混了。黑启德又让王九泡一杯普洱茶，绿茶和花茶他从来不喝。至于方休，他说你出去把混账牵进来，这条老狗，我想它了，我真想这个老东西了，七天七夜没吃好睡好，我怕它瘦了，我还怕人下药把它闹死，你们哪个都不关心它，你们对混账太不够意思了。方休低头出去，将一头膘肥体壮、耷拉舌头的大黄狗牵进来。你能闻见傍晚的冷气酸气和浓烈狗气，就像这七天里掉进阴沟一样发臭，让人觉得一整间屋子都容不下它。混账耷拉耳朵，百般讨好，东闻西嗅，想找东西吃，像饿得发昏的老乞丐钻在桌子下面挑挑拣拣。黑启德扒拉半碗小炒肉摊在桌下。混账两口吞个干净，伸出大长舌头吧嗒吧嗒舔着硕大的像拳击手套似的嘴巴和根根直立的硬胡茬子，讨好地瞅着他们五个及另外三个婆娘。走吧走吧，我们去大厂，黑启德瞧着混账说，满脸带笑。但在方休看来笑得诡异暧昧。走吧走吧，我给你们好戏看。黑启德起身，一把拽住混账脖子皮毛里那根三指宽的铜扣皮带。

二

夜路漆黑，屎黄色路灯从远处射过来。去大厂的柏油路很快走完，接着是一段崎岖土路。他们全体步行，没人开车，似乎步行三四公里根本不算路，就连饭后散步也谈不上。何况现在天已全黑，错过了K城黄昏最美妙的一个多钟头。好在路上没多少车，从盘龙江边一路过去，只剩下密密匝匝的桉树影子斜插过来，像一伙倒地醉汉，被他们几双大脚踩得砰砰响。混账走路无声无息，像个小偷。舌头在月光下耷拉着，稀稀疏疏，潮湿闪烁，像咬碎了满嘴银币。光线照着那一身粗糙茂盛的黄毛，就像照着油光水滑的鳞皮。一路无人讲话，他们好像在牌桌和饭桌上消耗了太多口水。盘龙江在空阔的河道里唰唰流逝，速度快得吓人，也许能看清一些翻卷的碎垃圾烂菜叶，也许什么也看不见，只是混沌一片，像灰色钢板的水。水。方休的耳朵里不全是水声，还有别的声音别的喊叫，他知道不一定是真的，也许是幻听，毕竟大厂他才去过两次，只是个填埋垃圾的洼坑，从前是一片荒废的工地，每到雨天就积满雨水。后来黑启德接手，用它填埋从大溪地挖出来的源源不断的垃圾，说白了是泥巴，漆黑的闪着磷光和恶臭的淤泥一半以上是K城人拉进大溪地的大小便。每天，他非常清楚，每天四辆车一共四十八吨泥巴拉过来倾在大厂，渐渐堆积如山。他在盘龙江东岸也能看个大概——大象似的脊背，隆起，降落，向下坍缩，陷入黑暗，臭得像濒死的老人。他们深一脚浅一脚。黑启德破口大骂，说这一带再不修整会把脚脖子崴断的。他接连崴了两次，骂声传得很远，听起来像条狗的嗷嗷叫唤。方休开始思考人是否很容易改变，甚至改造，就像这个堆满烂泥巴的大坑原本并非大坑。黑启德老了，像自己一样老了，不再是二十郎当岁了，他肥胖，肚子滚圆，皮带要扣头一个洞眼才行。这些年他混得相当好，他让方休过来帮忙，并且承诺给他12%的股份。他问，为哪样是12%？黑启德说，因为你晚来半年，要是你早一点和马基王九一起来，就是20%了。现在没办法。请你原谅，兄弟。他敲开他房门时方休没立即认出这个大胖子，他咋个吭哧吭哧爬上七楼找到他的？他唯一的家，乱糟糟脏兮兮的窝，不足四十平方米。他买它的时候K城房价还没过五千，他花光积蓄还欠下十多万外债。黑启德捡起沙发上几只臭袜子扔地上，一屁股坐下，拍拍手。方休觉得难堪，是啊，太他妈脏了，像野猪拱过，到处是内裤袜子臭衣服。桌上杯盘狼藉，烟蒂塞满烟灰缸，不时有蟑螂跐溜溜爬过。黑启德说，振作起来，兄弟，振作起来。方休眯着眼睛，不好意思地说，我先洗把脸。黑启德将桌上酒杯端起来闻了闻，大声说，你爹还在酿酒？他走进洗手间，说不酿酒么整哪样。黑启德说，就你混成这泡怂样，仔细瞧瞧你那张脸，你瞧瞧。方休凑近卫生间镜子仔细瞧，是的，鼻泡眼肿，不是喝酒喝的就是睡觉睡的，他太喜欢喝酒睡觉了，然后偶尔找楼下的小罗琴发泄一把。

小罗琴二十四岁了，工作东一下西一下，要么去西郊灯泡厂干小工，要么找个洗脚城当领班，最新进展是她和小男朋友开了个火锅店，距此两三公里，就在盘龙江边。小男友肌肉发达，把她看得很紧，动不动喊打喊杀，说小罗琴不嫁他就把她扔江里喂鱼。这小子是贵州人（小罗琴当然也是贵州人），每天突突突开着黑色大洋摩托跑来小区门口接她，方休恍惚看见自己二十出头的鸟样。方休搞定小罗琴才晓得她租的一楼每月一千五百块，不算贵。他佩服小罗琴的心脏像铁一样硬，即便小男友如此威胁如此疯狂，照样偷偷溜上七楼和他做爱。不，不该叫做爱，他们之间哪有爱情呢。那么，他问她咋个愿意跟他睡，她说她也不明不白，大概太在乎小肌肉了吧，所以偶尔把身体交给别人就可以稍微抵消一下。太在乎就像太匮乏一样让人绝望哪。他们认识那天机缘巧合，她一只高跟鞋卡在噗噗冒水的破地砖里拔不出来，方休走近说我来试试，手伸进脏水攥了一把，成功了，但是高跟鞋鞋跟被下水道栅栏咬掉一半，耷拉着，摊在他手上。小罗琴嘻嘻笑了，说你没事吧？他说我手又没断，给你鞋，怕要换一双了。小罗琴歪着脑袋咬咬指甲，说干脆去前面修修算逑。他觉得她是个笨女人，动作笨说话笨笑起来也笨。但长相秀气身材火辣，远看像一只小苹果，雨天挂在树上摇晃不定，刚要熟透的小苹果。她香喷喷地耷着一条腿跳出院子跳到街口，果然在鞋摊上修好鞋跟，却发现没带钱，只好再次向他求救。区区三块钱，他弄到了她的电话。后来某天夜里她接了他电话就摸上楼来，让他怀疑她是一只鸡。不过她上楼的姿势远比此时贸然闯入，几乎没敲门的黑启德优雅得多。这只小苹果喘着气，倚在门框上，一手拨弄长发。长发打着卷，衣服鲜亮，是带碎花的苹果绿。高跟鞋还是修过的那一双，白得发黑。他说你进来啊。她说你这里真乱哦。她走进来，随手帮他收拾了一下沙发，将脏衣服脏袜子扔进洗衣机，再掺进洗衣粉，开动起来。房间里多了一种低沉的嗡嗡声，就像末日之前人和上帝和魔鬼的喁喁低语，当然也适于两个陌生人的首次约会。然后他望着她，不知道她接下来还会干哪样。她走向冰箱，拽开，说你有鸡蛋，居然有鸡蛋。她的嗓门就像发现了一批恐龙。她说她还没吃晚饭哩，接着她从橱柜里找到面条，相当娴熟地煮了两碗挂面，又卧了两只鸡蛋。后来他们擦擦嘴，她说好了，饱了。她打一个嗝，抱着脏碗走向厨房。方休跟进去，问了几个相当无聊的问题，就是所有70后都喜欢问的傻逼问题：你从哪里来，你干什么的，你多大了，你家里还有什么人，等等。小罗琴没回答，或者说她回答的声音一律被她干活的节奏一点点粉碎。之后他从后面抱住了她，她挣扎了一下，说你搞哪样名堂噻。他默不作声，只在手上用力。她又说你到底搞哪样名堂。他把她肩膀拧过来亲她嘴巴，两瓣刚吃了面条的嘴唇上还有甜面酱的气味。小罗琴说你就不怕我男朋友……他装没听见。她说我男朋友在健身房练过。他才不管，觉得那些在大街上晃荡的狗屁娃娃都是纸糊的。就在沙发上把她睡了之后，他觉得应该给她钱，但他按兵不动，想看看她什么反应。小罗琴这时候才告诉他她姓甚名谁，现在是一家绝对正宗的重庆火锅店的二掌柜。他问哪个是大掌柜，她说，男朋友嘛。方休没吭气，这种事情超出了理解。按照他那代人的习惯，他是不会和自己女人之外的姑娘睡的，而自己明明晓得也见过那个肌肉男朋友，还是要睡她，到底说明哪样？无耻啊，他想，却身不由己，像有人劝他这么干，而且必须干，不然太不爷们儿了。他给她钱，小罗琴坚决不要。她什么也不要。她摇晃着身体说她要下楼睡觉了，又问他闻没闻见她头发里的火锅味。他说没有，他说你很好闻。他说我讲的是真话，你非常好闻，会让人闻上瘾的。

小罗琴咯咯直笑，说你这个坏男人胆大包天哟。不过，我男朋友从来不讲我身上好闻。她笑一阵又说，你面条好吃，你要是一个人吃晚饭，我可以帮你把鸡蛋吃了，浪费了可惜。他说随便。小罗琴走到门口，略做停留，就踩着高跟鞋咯噔咯噔下去了。他想她真他妈蠢到家了，连要点钱也不会。不过这也证明她不是鸡。但是还不太好讲，也有的鸡是不收钱的，偶尔奉献一把，也好确定自己从未堕落。这种事情必须几番交手才晓得呢。离婚三四月来头一次睡个女人，太荒唐了，居然是楼下邻居。后来他渐渐知道小罗琴早就想甩掉浑身肌肉的小男友，却怎么也甩不掉。她说他不生气的时候还是很帅的啊，即便生气的时候也很帅，你不觉得吗，你不觉得他浑身肌肉很性感吗？他说性感个屁，就像蜕了皮的青蛙，懂吗？就像一只蜕了皮的大青蛙。

黑启德的眼神并未说服方休，反而让他郁闷，仿佛他的到来只是为了见证他的狼狈不堪；他们是兄弟啊，而他是昔日老大，最终把生活过成一泡狗屎。他想他从来就是一泡狗屎，只不过他用自欺欺人的更大一泡狗屎把它盖住了。除他之外，马基、王九都不错，至少没离婚，有老婆有娃娃有车有房，不用为钱发愁。他呢，开三年出租，挣很少的钱。勉强活着，勉勉强强活着。要是心血来潮买一件杰克琼斯就不剩哪样了。用不着别人可怜，虽然黑启德是曾经的兄弟。日子不是过给别人看的，就算越来越糟心，也是自己过出来的。黑启德高高在上的样子也不是二十年前那个小跟班了，再不是嘴角随时淌口水的怂货了。他胖得像个杀猪匠，手上戴着碗大的金表和小叶紫檀佛珠，外套也许是什么古奇的，连皮鞋也是，黑黄灰三色，太阳洒上去闪闪发亮，晃得他两眼昏花，光线不足时要么半黑，要么深灰，像鲸鱼一样神秘莫测。黑启德说我要早半年找着你就好了，要早半年我给你30%，现在只能12%。他说你们咋又鬼混在一起的，黑说该走到一起的兄弟终究要走到一起，这是上帝说的。他咧开嘴巴笑了，露出黑魆魆的牙。上帝说要有光，世上就有了光；上帝说我们一起挣钱一起变老，你们就一个个冒出来了。方休说你咋个变成哲学家了，黑启德说你没发现我天生就是哲学家？方休问他想喝点什么，酒，还是茶？黑说哪样都不喝，你这地方太脏了，我怕喝出毛病。方休问他咋个找着他们的，他说K城咪渣大个地方嘛。我听说你离了，马基、王九也都离了。其实，不离我还不想找出你们呢。是吗？方休大吃一惊，哪个时候的事？去年，黑启德摇摇头。不重要。这种事情算哪样事情，古代你们随时可以休掉婆娘，如今咋个个怂蛋任人打整？马基赔十万，王九二十万，你给了多少？现在的傻逼婆娘想钱想疯了，靠离婚赚一辈子零花钱，再选个嫩泱泱的新老公，不满意了再捞一把再换一个。世道咋变成这种了，被女人骑在头上拉屎拉尿了。你想想看，你想想，当年，我们在茨坝，女人见了我们，哪个敢抬下眼皮？哪个敢？

方休讲不出一句话。是的，前妻，那个跳舞的女人，那个当年跑场露着肚脐的婊子，一看就像婊子。而他毫不介意跟她完婚，而且场面浩大。他们参加了婚礼，黑启德说第一眼瞧见新娘披着婚纱走出来那一刻就晓得不靠谱，终究要离。方休说马后炮哪个都会放。可他没有勇气直视黑启德眯缝的小眼，这双小东西精光闪亮，像布满浅浅褶皱的洞彻之物横在面前，让他胆战心惊。他闻见他身上淡淡的男士香水味道。很难说这家伙现在有多少钱，也许楼下停着一辆玛莎拉蒂也说不定。他偶尔听说黑启德发了，当上某某公司头目了，但具体怎么发的，如何发，如何搽上法国香水的，对他这种出租车司机来说是天大的谜，像宇宙黑洞一样无法破解。他说你是来看我笑话吗？黑启德说你都离半年了，我看你笑话？你还不了解我？方休摇头，说三年不见了，三年，三年就把你变成一头肥猪啦！黑启德微微叹息，说万变不离其宗呀兄弟，我就算胖成十头肥猪，还是茨坝镇那个跟你一起干架的兄弟嘛。这话令方休怦怦心跳，像在主演一部好莱坞煽情大片。黑启德此时此刻就坐在面前，真是个奇迹。人会变，也不太会变，变的是吨位，是肥肉瘦肉的比例分配，不变的是那颗衰老的心脏及其黏稠滚动的黑血，淌出来如焦油一样再也不是鲜红的血了。他晓得，从他进门第一秒钟他就晓得，他们被彻底改造了，却又不想被改造；只能默默接受现状，却比任何时候都想摆脱这些。从前多幼稚啊，早就在他们身上褪色消失，像最后的尿滴一样哆嗦着渐渐隐遁无形。来吧兄弟，黑启德说。方休说我要做些哪样你给我12%，到底是哪样的12%？一个月多少？黑启德说了个数字，方休觉得这差不多是他开出租的两倍还多了。没理由拒绝。没任何理由。何况，这个浑身香水味的胖子曾经是他兄弟。黑启德从口袋里摸出一只鼓鼓囊囊的牛皮纸信封放在桌上，让他务必改善生活——太乱了，从猪圈里出来吧，回归吧。方休说回归哪样？黑启德若有所思，说回去，就是回茨坝去，回到二十年前。他说二十年前？我操，都老倌了，你娃娃也打酱油了，咋个回去？黑启德说咋个回不去？当年我们在茨坝小街上甩烧豆腐干苞谷酒的时候咋个说的，有福同享有难同当，你忘了？方休说他忘了，早忘了。那些狗年月像粗制滥造的毛片一样泛着死灰，长头发牛仔裤早过时了，现在流行大光头，因为头发再也长不出来了。何况，回去有哪样意义？方休问他吃饭没有，黑启德说你不要只惦记吃。他说我就是只惦记吃，现在没哪样事情比得上吃。黑启德说你下月1号报到，地址就在江边七公里超美公司，我保证你吃饱吃好。兄弟们都在等你。你还记得小马哥赴汤蹈火之前说了哪样？方休摇摇头，他只记得小马哥的牙签披风围脖，手中双枪又黑又大。那时候弹吉他的普猛长得极像小马哥，尤其从侧面看去，短鼻子方圆脸，下巴微微撅着；刚开始标准三七开发型，后来受黑豹窦唯影响天天死磕吉他，一头长发，长得垂到紧身皮裤兜住的屁股尖上，从后面看男女莫辨；他顿顿吃批发价五毛一包的香菇鸡滑面，再不上学校食堂，也不屑于加入他们一伙夹道要饭。其实周末回家他就能从继父手里搞到钱，不是一般的小钱，够他挥霍了——周日返校必定请方休黑启德们去茨坝街口喝酒干烧烤，唱街头卡拉OK，把一个月生活费一次性花掉，剩下的就扛一箱方便面回去。他说摇滚的标配之一是方便面，不方便面不摇滚。普猛死于毕业后的某个深夜，这是后话，但在这里也可以预告一下，后面我还有机会细说：他搭乘K64次前往北京，在地下室窝了不到三个月就传来噩耗，煤气中毒。这是人所周知也是流传最广的版本，至于真相，我说了我们后面还会细细讲它，会的，我向你们保证。总之那个长头发紧身裤的普猛从此消失了，哥儿几个难过了好几天，都没勇气参加他的葬礼。他和他的传说一起飘进风中。方休记得他躲在烂教室玩命练琴，手指不可思议地上下翻飞，技艺之娴熟让人怀疑他才是《无地自容》的主音吉他。他们翻窗进入，和他一起吼叫，然后围观，拍掌，高喊我操，我操，我操。普猛的死给方休重重一击，忽然发现青春瓦解了，像黑冰融入水里。真他妈难过啊，难过得像身上钻了个洞，它们全都溜走了，让人怀疑它们是真是假。大约十年前，他路过茨坝，想找一下著名的老段录像厅，再也没有了，那里只是一间龌龊的四川小饭店，一对新人在举办简陋的婚礼。男的明显上了年纪，女的还行，但也有很深的抬头纹了。他默默看着，发现男人没牵女人的手。他们的婚礼似乎不为结婚，是为左支右绌招待客人。方休看了很久，新郎新娘敬完酒后男人终于拉了一把女人的手腕，就像普猛吉他上一记锐利的嚣叫终于落下，他低头走开，很快听到饭店里传来某个青年高亢的哭声。活见鬼了。他想，结婚还哭个鸟啊。他忽然忧伤无比。正如眼下，当黑启德让他重返过去一样忧伤无比。他无法转述这种忧伤，像要把脊椎骨抽出来扔在街上，被践踏，被唾弃。是的，就这种感觉，这种糟糕透顶，仿佛攥着油腻腻湿哒哒的抹布走在冰天雪地的感觉。现在他没有借口。一丝借口也没有。他过得很不好。他的家是猪圈。这个猪圈只有小罗琴帮忙收拾了一下，很快又一塌糊涂。黑启德在等他回话——小马哥赴汤蹈火之前讲了哪样？他恍惚不定，盯着那双熟悉的细黑的眼睛，盯着深处不可名状的硬东西，犹如小玻璃球或沙子。他摇摇头，表示自己无奈又沮丧。黑启德也摇摇头，咬咬嘴巴，起身道别。

他走后——他没把他送太远，也就下到一楼，两人如同少年时代一般潇洒地挥挥手——他打小罗琴电话，后者答复说她在火锅店忙着呢，有何贵干？现在刚进入黄昏，离天黑还早得很，离他每周一到两次给她电话的惯例也早得很。她说你是不是饿了哟，他说是。这是约定的暗号，饿，代表方休想睡她。小罗琴说今天没得空。他说我有事找你商量。小罗琴想了想说，那十点以后再说。在这个空寂的心烦意乱的夜晚，他等得实在心烦意乱。小小的院子里迟迟没响起小罗琴啪嗒啪嗒的高跟鞋声，倒是充满各种各样古怪稀奇之声，打嗝声放屁声说话声叫骂声呼唤声呢喃声，还有电视里才有的夸张咆哮。他躺下又起来，看不进任何东西。他想去江边溜达，没走到门口就反悔了，担心小罗琴上了七楼他恰巧不在。于是从一个电视剧跳到另一个电视剧，然后是新闻，然后是《舌尖上的中国》。再然后差不多睡着了。为什么总是陷入等待，总是陷入对女人的焦渴等待？他讨厌等待。除了让欲望变本加厉，让尊严不断贬值，你等不来任何东西。磨掉，耗减，像蒸汽一样挥发。就是这样。对自己的憎恶愈演愈烈，就像死皮赖脸等待施舍的狗。不就是吗？等待那个小罗琴离开她帅气的小肌肉，等待她敲门然后进门，等待她满脸鄙夷，把他当个变态大叔，也就帮她嗨一把而已。可不是吗？

时间走向23点，差不多就是他们走在江边、走向大厂泥巴垃圾堆洼地水坑的同时。是的，步调也很一致，六个人，六双鞋，踩在硬邦邦的秋天的泥地上砰砰响，如同金属撞击金属，肉切割肉。月亮在树杈间隐现，后来更厚的云扑上来吞掉它。黑暗如同江水，或者说江水之黑被黑夜完全淹没。他们走着，无人吭声，能听出各人或平静或复杂或简单的心事。他不明白为何非要赶去大厂，也迟迟想不起来小马哥生离死别之际到底说了什么。再也没工夫没心情计较那些老掉牙的港产片了。远处，漆黑的垃圾堆有哪样看头，而且必须此时就看？但黑启德的命令不容置疑，上一次他们半夜三更驱车到三百公里外的红河弥勒，只为找到和当年茨坝街口一模一样的烧豆腐。黑启德说全K城烧豆腐摊都尝遍了，事实上的确尝遍了，就没找到一模一样的——那个姓氏不详的红河汉子左手烧豆腐，右手清汤狗肉，你就是在十公里外也能闻见那股淡臭豆腐与狗肉交织的奇香，它像大地像天空统治整个茨坝。他们赶到弥勒街角一家超豪华土鸡米线兼烧豆腐店时，天就要亮了，店家忙着收摊，黑启德央求店家千万再烤一盘豆腐上来，他给双倍的钱。老板娘勉强答应，烧炭点火，白白胖胖的淡臭豆腐像斩落的小脚趾一样咕噜咕噜滚出来。黑启德方休马基王九依次落座，怔怔望着老板娘那双黧黑巧手，望着炭火、铁架和豆腐辗转腾挪的魔术。香味扑鼻，烧豆腐依次上桌。黑启德小心翼翼举起筷子夹住一只，在卤腐碟里蘸了蘸，送进嘴巴。他们齐刷刷看着他，正如现在齐刷刷看着月亮重新出来，天地银装素裹，就像此时滞重的脚步声划拉耳朵，清除江水的喧哗，就像现在他们等待，揪心地等待，却并不知道下一步干吗。黑启德也许只想看看大厂上空的月亮，也许他想写诗，也许他想爬到泥巴堆顶上纵声大吼。送进嘴巴的烧豆腐吐出来。不是，他说，不是，不是呀。他们失望极了，像死了亲人。老板娘说这可是全红河最出名的烧豆腐啊。黑启德还是摇头，再也没有了，完了。彻底完了。他们跑遍弥勒城也没找到茨坝男人一手烤制的烧豆腐。返回时马基提议去一趟河口，就近嘛，从蒙自斜插过去就是河口，那里有青笋一样新鲜的越南小处女等着他们。臭味越来越浓，越来越重，他知道垃圾和泥坑就在眼前。他已经看见它起伏延绵，巍峨如绝不就范的野兽，蹲伏静卧，溃败不已，这气息像他小时候闻见的脏血的气味，或一条腐烂的死狗，爬满苍蝇和蛆。好了我们到了。黑启德说。此后再不开口。他们向内、向边缘走去，避开肮脏的污水和泥巴。来自大溪地最深处的垃圾带着上百年前鱼虾的尸骨以及各式各样的粪便、金属和羽毛昂首站着，顶上有磷光闪烁，从下面望去有些瘆人。但几个人的脚步像要摧毁这里，重造这里，像要成为泥巴的统治者，或施展法术将它变成金子。然而它们已经是了，就是金子。一直是黑启德的金子。不能否认不可改变。他深知他们骨头血液精液里都奔流着这些东西，这些磷光闪闪的烂东西，这些黑脏污的垃圾，这些营养过剩的人类馈赠。黑启德两手揣在口袋里，抬头仰望明月，吹出一记口哨。哨声尖细，之后变宽，之后消散，在寂静中闪跳躲藏，像蛇一样。方休说你像他妈的诗人。黑启德没回答。方休干笑数声，然而无人搭理。马基站在黑启德左手3点钟方向，王九站在右手6点钟方向，他呢，至于他，发现自己站在黑启德的阴影之中。于是他后撤，走出来，让月光洒在身上。他忽然有点冷。

三

夜晚总是相似的，比如那天晚上等来的是摩托的突突嚎叫。他知道完蛋了，小罗琴的小肌肉一定把她送回来了，并且马达抽搐片刻后猛然停歇。他听着那小子将摩托推进楼道，次日必将引来早起婆娘们的谩骂。他竖着耳朵仔细听。他听见两人的脚步声一前一后或一左一右或毫无差别地精准走入屋内。他知道完蛋了。一天之中最大的希望和最大的失落莫过于漫长的等待与等待之后。他想下楼砸她的门，但他知道不行，也不应该。他是她哪样人嘛，何况把人都睡了，还想干哪样？他忽然自卑，那种戳在原地被狠狠俯视像蛆一样的感觉回来了。冰冷，蠕动，没有同伙，一个人。永远一个人。

当年孙校长才是穿披风的老大，就像击毙小马哥的皇家警察，手里有枪，有人，有他们从来没有也没法想象的东西。比如灰西装和别在腰带上的一大串钥匙，比如讲话的时候像死了爹妈一样满脸阴沉，比如讲出来的东西像盗版上帝一样有鼻子有眼。他像玩弄傻狗一样玩弄他们，像虐待私生子一样虐待他们。白沫横飞的嘴巴语重心长，其实想抽他们筋剥他们皮。好吧，现在说说普猛，他跳上绿皮火车漂去北京。此前他们在烧豆腐摊上喝了个通宵，吃了三斤狗肉、一千只烧豆腐，把街头KTV都唱烂了。下半夜摸到录像厅，起哄说来个"尖刚"的（黄片）。老段不敢放，说他们还未成年。方休砸了两条板凳、三只椅子，老段忍气吞声，主动赔款两百了事。他们从茨坝溜达到北城动物园，那是一座很小的动物园，没多少动物，只有几只灰不溜丢的老猴子，毛差不多掉光了。他们摸黑进去，找到猴房，把猴子一个个哄起来，听它们在暗夜里龇牙咧嘴吭哧吭哧发出又害怕又可怜的呼号，像一群人形鬼怪。方休觉得猴子实在难看，那种没进化完全的类人面孔就像满腹怨气，就像被人犯忌拖累、遭到遗弃和惩罚的杂种。

猴崽子呀，猴崽子。他大吼着，马基王九找来棍子、树枝，那时候还是个标准跟屁虫的黑启德掏出一瓶五十六度杨林肥酒，脱掉长裤，扒下内裤，洒上酒，点上火，扔进笼子。躲闪不及的猴崽子惨叫着，传来皮毛烧燎的焦臭。他们用棍子捅，用石头砸，想尽一切办法，被猴类豕突狼奔的惨呼嚎叫刺激得也围绕笼子嗷嗷乱喊。一个个非常清醒，就像被刀子挑开脑壳。之后，他们累了，跑不动了，方休感到无限悲凉，觉得自己也是目光灰亮的猴子之一，也是无法进化的动物们，无法成人，无法被重视被犒赏。他挥挥手，叫停所有人的吵闹，长长的死寂中北风将粗大的钢筋笼门吹得哗哗响，老猴子蜷缩在角落里挤作一团，睁着扁圆的大眼珠子瞪视他们，瞪视这帮打着火机和手电的年轻人类。方休说，走吧。他们后撤。方休把怀里半只狗腿扔进笼子。令人惊奇的事情发生了，猴子们瞬间忘记了刚才的折磨和羞辱，吱吱尖叫着扑上来你争我夺。方休说我操你妈。然后走进黑暗，走出动物园，返回茨坝大街。空荡荡的深夜月色华美，他们在宿舍门前和普猛紧紧拥抱，祝他北上好运，早一点闯出名堂，取代崔健黑豹唐朝。普猛咬咬嘴巴说没问题，兄弟们，没问题。那晚普猛没回宿舍，方休也没有，他一个人返回动物园，用一束手电强光直射猴脸，一只失眠的老猴子大睁着眼睛一动不动，像惊吓过度、灵魂出窍般牢牢瞪视着强光。他伸出手去，老猴子受宠若惊，一瘸一拐走向他，用粗糙的毛茸茸的手握了握他凉冰冰的手。那种感觉啊，像数不清的玻璃碴子扎进血里然后渐渐融化，如滚烫的银色闪电。除了黑还是黑。他缩回手来，丧魂落魄往回走，就像此刻在盘龙江边深一脚浅一脚，完全丧失了方向，就像自己不过是老猴子们的一分子，再也没了人的尊严，仿佛连心脏也不跳了，仿佛他才是被圈养被击打被羞辱的对象。这种浑身乏力的感觉直到进入学校来到烂教室门口才消停了。天色微微发亮，他听见烂教室传来琴声。这狗日的太刻苦了。但这种刻苦感动不了任何人，除了他自己。没人知道普猛能否成功，更不清楚他哪来的魄力非要北上。他从来像个傻子啊，身高七尺的大黑傻子。方休走进去，面对他搏命般的最后一夜弹奏激动得想哭，那种被粗糙带毛的也许快死了的手握住的感觉，正如眼前被吉他的劲爆震得浑身发抖。这种感觉也许和死有关吧，他想，就像进入女人的最后一射。普猛停下来，满头大汗，看着方休。我没东西给你，兄弟。方休说。普猛说我也没有啊兄弟。方休把那只小手电递过去，普猛懵懵懂懂接过来。他们对视，场面有些尴尬。方休的羞愧和沮丧非常明显，普猛早该看出来啦。他们沉默。然后方休说，到了北京，怕要经常走夜路的，照个亮。普猛说，好啊，当我走夜路的时候必然想起你，老大。方休返身走出去，猛然发现外面杂草丛生的台阶上站着赵启航。一个很丑的女生，龅牙，金鱼眼，没人待见。但现在，方休发现身材挺拔的赵启航在第一缕曙光映衬下宛如女神。他呆呆看着，不知要不要叫她，他搞不清楚赵启航是不是普猛女朋友或者他的仰慕者。他觉得他们应该没有关系，因为从来没人提起。他站在原地不敢动弹，直到赵启航扭头发现他。她满面通红，咬着嘴唇落荒而逃。她又恢复了她丑陋蠢笨的样子，让他十分遗憾。很多事情超出预料，他以为事事清楚，其实不是；他以为他知道每个兄弟的秘密，其实远远不是。后来悲剧发生了，去北京的人唯有赵启航。她不远千里，谁也没打招呼就从K城赶到北京，将普猛火化后带回K城。她一声没哭。很多人惊慌失措，他们终于明白普猛和她的关系应该远远超越了他和兄弟们的关系。她的所作所为实在令兄弟们羞愧。方休觉得日子白过了，就像普猛出神入化的吉他技艺最终被死亡消灭，一丝余音也未剩下。他还记得他在烂教室最后一夜弹了Beyond的《无尽空虚》。无尽空虚，像把刀锋静静穿过心窝。他哼唱着回到宿舍，莫名忧伤。这种感觉此后再也没有出现。这种感觉又让他想起老猴子，被它轻轻攥了攥手的奇异的冰冷粗糙仍停在手指之间。还活着的也许明天就死的老猴子啊。

他睡得很不好，一直做梦，梦见穿风衣叼牙签的小马哥，梦见脑满肥肠的黑启德。世界变化太快。死的心都有啊。上帝派黑启德来救他了。也许吧，也许真该马上忘掉金可可了，但咋个忘得掉，总想起她在大明星舞台第一排，亮闪闪的金色短裤，踢起大腿，亮出裤缝，就像直苗苗的白桦，他抹不掉这些。干冰、啤酒混合的气息让人招架不住，像快死的老猴子扑在身上。两年了，他想要个儿子，金可可不干。跑夜场的女人啊，染金发的女人，身上有冷冰冰的香气，仿佛从冰河世纪里钻出来，从大北极冬眠醒来。这种女人，一上场就迷倒众生，让参加婚礼的兄弟们讲不出话。他们晓得她是尤物，而他，哪有本事搞定尤物？无尽空虚，无尽空虚。小罗琴在一楼呻吟，那小子，那个小肌肉相当卖力，像猪一样拱啊拱啊拱。天快亮时他没听见摩托声。他走上阳台往下看，大洋摩托不见了。他下到一楼，没胆量敲门。他拨打小罗琴电话。她的嗓音正是那种被熬夜和不健康不充分的睡眠败坏的嗓音，黏附着沙哑的厌倦和满足。他问她为哪样不来，她说，不来，不来哪样？他说，咋个不上我家来？她懂了，像跳水的海豹一样清醒了，哦，哦，她说，太晚了嘛，而且他送我回来的嘛。他说我晓得，我晓得他送你回来的。他没走？走了，她说。他说我讲的是昨天晚上。她说他又不是头一次送我回家。他沉默片刻，说现在，现在上来？小罗琴说你有病啊，大清早的，我还没睡醒。她挂了电话。他忽然想把她房门砸开，狠狠扇她嘴巴。

月光亮得出奇。黑启德的口哨声是刘德华的《谢谢你的爱》，太老了，但也不比《无尽空虚》更老。越来越冷，毕竟是K城深秋，寒气匍匐飘荡，钻进每个人的身体。他看不清左侧马基的脸，右侧王九同样肥硕变形让他认不出来，如果大街上面对面走过去也未必认得出来。时间和事故将这些皮囊抻长，变形，变成另外的东西，另外的人类。那些猴子死没死？尤其那只握他手的老猴子。应该早死了，早就死了，也许那夜就死光了没人晓得。他们再也没回去，回深夜动物园去。他想哼出来，但是不能，也不敢。是的，已经没胆量打断黑启德。二十年前他将毫不犹豫地骂他，但是现在不行，现在他是老板，必须跟着他混饭吃。二十年河东二十年河西啊。那天早上他在楼下小摊吃了豆浆油条，给黑启德打电话说，我哪个时候上班？黑启德哈哈大笑说，就差你了，你现在就来，快，我们等你。他打车赶到江边超美公司，一幢相当土气陈旧的方盒子大楼戳在院子里，也许建于20世纪80年代，甚至更久，肮脏的墙面斑斑点点。他走进大铁门，一条棕黄色大狗躺卧在地上一动不动，对这个陌生人的造访勉强抬了抬眼皮。他在一楼找到他们，他们一个个站起来，放下麻将和他拥抱，捶打。他们亲热得像这世上最亲密的情人。很久不见了。至少两年。离婚的时候没一个人在身边。这种事也不便说来说去，除非他们还是天天腻在一起的兄弟。没到中午他们开始喝酒，边打麻将边喝酒，晃荡着脑袋和身体回忆过去憧憬未来。黑启德将他带入院子，让他看一辆接一辆一共四辆硕大如火车头的东风大卡车。他让他仔细看。他说哪样也看不出来啊，就是普普通通的货车嘛，还能是哪样。黑启德眯着眼睛，举起三根手指做瞄准状，然后扣动，砰。他让他看车厢尾部露出的东西。他凑近，发现是臭烘烘湿哒哒的黑泥巴。黑启德问他知不知道这是哪样，他说，泥巴嘛。他说，是金子，是黑金子啊兄弟。但他不解释，转身让他看那条黄色大狗——仍懒洋洋斜趴着吐出舌头，肚皮忽高忽低，像小风箱一般喘着。它真大，简直像匹马一样大。混账，黑启德说，它叫混账。我本来想叫他普猛的。方休没吭声。黑启德仰着脖子大喊，混账。大黄狗微微挺身看他一眼，又倒头睡去。方休哈哈大笑。黑启德说狗就是狗，所以不能叫它普猛啊。他们很久没有说话，能听见混账喘息的呼呼声。方休的工作是守在院子里记录车辆驶出又返回的时间与频次。他很快将几辆卡车车牌记得滚瓜烂熟，马基每次从010DE上下来就冲他挤挤眼睛，这是二十年前的习惯动作。他们抽烟，开玩笑，骂娘，然后马基洗脸洗手，钻进麻将室准备干掉一个下午。然后是王九，然后是另外几个不熟悉的家伙。比如老扁，整个人真的很扁，像一台电视。此人很喜欢笑，嘴巴里回荡着呵呵呵的声音。他们将大溪地里的泥巴运过来倒掉，然后打麻将。他们每天的工作就是运泥巴打麻将。就连抽烟的姿势也从未改变。不变的是一天接着一天。他到手的钱是过去三倍还多。一天夜里黑启德说跟我们走。他们开别克商务车冲向世界尽头般的海埂大坝，挑了最好的坚尼沃克威士忌，搭在硬邦邦的水泥护栏上，随便抓一杯一气见底，然后冲暗夜大吼，看谁嗓门最大、喝得最多。方休忍不住哈哈大笑，走到黑启德马基王九中间一屁股坐下，他们问他笑什么，他说你们没发现我的叫声像他妈快死的老猴子？他们没笑，因为一点也不好笑嘛。几个陌生的不知哪个带来的烫金发的姑娘却跟着他嘿嘿傻笑，把空杯一个个倒满。琥珀色的酒溢到水泥护栏上，像什么东西融化了，时间和金子，理想或少年。也许吧。他面前也许有一部不靠谱的机器，把过去和现在和一切绞杀在酒里。他们喝得烂醉，像被掏空了。掏空心脏和大脑。但非常愉快。一种严重空洞、缺乏方向和落脚点的愉快，如野鸟飞渡，怎么也停不下来。他们重复着那些愚蠢的问题，重温着陌生姑娘们身上冰冷的香气，作鸟兽散。凌晨两点多，他拍打小罗琴的门，忽略了暗处那辆黑色大洋摩托。小肌肉开了门，睡眼蒙眬地说你找哪个，然后认出他来。方休酒醒了，忙说抱歉，抱歉，立即跑上楼。很快传来大哭小叫的厮打声，他知道闯祸了。小肌肉跑上来砸门，他开了门，对方一把掐住他脖子，将他顶在沙发里。他回击，挣扎，但没用，根本不是对手。老了，他知道，他很清楚自己老了。被揍得不轻，也许掉了一颗牙，也许断了一根肋骨，总之当时不觉得疼，因为酒喝多了。次日早上懵懂醒来，不过也许根本没睡，疼痛翻江倒海，像豹子一样咬他。那种活生生的屈辱让他觉得自己就是一堆屎，老猴子拉出的屎，摊着，臭不可闻，一败涂地。他摸了摸软塌塌的老二，抬眼看看窗外。天空一片晴好，就像当年脉脉含情的赵启航。他无端想起她来。还想起老猴子厚实粗糙的手，这只黑色的手仿佛将他拽入地下，抚摸他，然后埋掉他。阳光非常强烈。赵启航从北京带回的只有一抔骨灰，没有他送他的手电。他猜他早把它扔了，不值一提的破东西啊。我前面说过关于普猛的死，我要说很多，其实就这么多，原谅我欺骗了你们，因为事情就这么简单。活着，死掉，就这么简单。赵启航去他父母家，他们一起选了墓地，就在一棵巨大的樱桃树下。每到春天，每到K城的春天，彤红纷繁的鲜花就沉甸甸缀满枝头，俯身亲吻一个摇滚青年的黑色大理石碑。真他妈笑话，这个摇滚青年刚刚找到志同道合的朋友，组建了一个名叫盘古的乐队就死了。无尽空虚。无尽空虚。生命只是上帝炮制的黑色笑话。他爬起来，想尽快了结此事，尽快。他妈的。要不将黑启德马基王九都叫来，想想又觉得滑稽。一个睡了别人姑娘的老男人凭哪样暴揍人家的小男朋友？可这是二三十年来被揍得最狠的一次，操他妈呀，此仇不报——此仇不报又咋个？他被疼痛折磨得极其虚弱，一步一颤挨到楼下。小罗琴的门怎么也叫不开，有人说一大早就走了，坐她男朋友的摩托走了。他发现大洋摩托真不在院里停着。

他们也许去了火锅店，也许直奔民政局打证了，也许狗日的小肌肉将小罗琴杀了？不，不，刚才不是有目击证人说过他们一起走了，而且是坐他摩托走的？那就没哪样好担心的。犯不着。多大的事情啊，他活着，那小子也活着。好歹，活着。像猴子一样活着。

金可可带走很多东西，一个西装笔挺的家伙带人搬走了它们。我未婚夫，她说，我的新男人。喏，这个，我前任。她就说了这么多。男人沉着脸，自始至终没笑一下，和他的小工们把东西一件件搬上一辆五十铃卡车，轰隆隆驶出院子。那就是全部了，再也没下文了，再也没说过一句废话。说走就走了。人人都是向死而去，不会相反，想想就让人悲凉。现在他走出五十铃卡车驶离的院子，阳光洒在身上，就像洒在车厢挡板上，像把刀子。他渐渐觉得暖和，非常暖和，渐渐热起来了，渐渐流汗了。他沿着灰色的盘龙江往前走。七公里，一小时就到。没人会管他迟到一个小时。那四辆超级大卡车将穿梭流动，厢底淌出滴滴答答的泥巴草屑臭水。他熟悉了，熟悉那种臭味，熟悉这些金子。黑启德就靠它们发了财。他走在阳光和树影之间，走在水泥砖块铺的江边大道上。很快就是土路，再往前是施工现场，很多机器和农民工在使劲挖地铁。K 城面目全非，不再是二十年前的K城了。茨坝消失了，动物园消失了。普猛也消失二十年了。那个甩着长发练琴的小子啊，永远二十一岁。金可可说，她是要离开他，必须离开。她这么说，也是这么做的。她多诚实啊，好聚好散呗，不爱了就是不爱了。活着无非谈情说爱，这是女人最大的嗜好，就像美容和八卦是她们的最大嗜好，何况这把年纪再不尝尝新的，只能混吃等死了。大约三四公里吧，汗越来越多。太阳像鞭子一样抽他，他脱下外套。风里传来浓重的火锅味。他循路过去，是的，一辆黑色大洋摩托就停在门口。他低下脑袋，拎一块砖砸了两面反光镜，撒腿就跑，往小巷里跑。他跑得很快，身后毫无反应。很好。事情终究要了结。很好。舒服了，我操。

他们仍在一楼麻将室，换了几个陌生人，也许是黑启德亲戚，也许是新来的，他没见过，觉得一个个都像骗子。老扁的呵呵笑声不断。他坐在边上瞧着，半小时后无人愿意撤下来让他上。他回到院子里，马基刚好拉完一车泥巴回来，说老方我带你兜风吧。他说好。走前他们大声喊了一下混账。混账，那条大狗，懒洋洋晃了晃耳朵又睡了。他们从三环直奔大溪地。大货车马力强劲，跑起来像嘶吼的大象。马基点一支烟，也让他来一支。马基说你变了，他说你哪样意思，马基咧着嘴说，你变得比较丧。他说，我没丧。狗日的，马基说，我还不了解你？除了长胖你被撂倒了。狗日的，想想从前。想想吧。方休说你他妈不了解我。马基说我不了解哪个了解。没得哪样。没得哪样。这种狗日的生活，不怕得嘛。你要把它撂倒才行。现在我的感觉，兄弟们的感觉是，你狗日的被撂倒了。你，被一个女人撂倒了。他说没有，我很好，不是你们讲的怂货。我没讲你是怂货，马基说，你只是不一样了，你被撂倒了。多大个女人嘛，都离了，除了黑，都他妈离了，算哪样？女人如衣服，旧的不去新的不来。他反复说，你他妈的被撂倒了。他不再申辩，有点后悔干吗跟他上车跑一趟。没什么意义。毫无意义，而且没什么意思，一点意思也没有。如此而已。浩渺的大溪地吞吐臭气，像个超级大粪坑躺在西山下，大货车轰隆隆闯入一个小村子，一大堆小山般的臭泥巴早早卸在地上。马基调头，倒过去，打开货厢，一伙肮脏的农民不知道从哪儿蹿出来，就像当年猴群一样围上来，操着板锄铲子把泥巴刺啦刺啦飞速铲进货厢。马基下车看着，指挥着。半小时后装满，马基敲敲货厢板壁，上车，发动。一个老猴子模样的老头凑近车窗扔进一袋东西。马基看也不看，抄起来塞进工具箱。老猴子从踏板上蹦下，拍拍膝盖。回去的路上没人说话。风景似乎和来的时候不一样了。他嘟囔着嘴巴想打破尴尬，但很多事物已经变质，像车上的烂泥巴。哪样东西？方休指着工具箱说。你认得嘛，马基说。认得哪样？方休说。马基不再讲话，直到逼近大厂垃圾坑，才把东西抽出来让他看。当然是钱。大约五万，很沉，像一堆砖头。方休觉得从没见过那么多现钱。当年他们一起花钱，一起喝酒。通常王九管钱，他们把钱都给他，月底还有结余就去录像厅，去小酒馆，故意喝醉了在茨坝街头晃荡。他们期待发生点事情，比如为了某人头破血流，躺在地上恶狠狠地诅咒。普猛一走，他们将赵启航约到小树林里问她和普猛的关系，她两手揣在牛仔裤兜里，一个字也不说。他们问不出个头绪，干脆把钱统统给她，让她转交普猛，希望他在北京过得好一点，莫再顿顿方便面了。她并不知道普猛最后一学期几乎靠他们四个接济，除非狗日的回趟家找来一笔钱。他们爱他，爱这个长发摇滚青年，像爱周润发一样爱他。次日，谁都没有想到赵启航消失了，直到半年后被校方从某个歌厅领回来。据说她在那地方坐台，再把钱寄给普猛。他们在烂教室请她吃烧豆腐，那是普猛天天练琴的地方，墙角还有方便面盒子和烟头。赵启航叉着两腿坐地上抽烟。不停抽烟。灯光划过她细细的带有小雀斑的鼻梁，就像剖开的小水钻晶莹剔透。他忽然觉得她十分好看，也十分耐看。她说这是茨坝的最后一夜了，走之前轮流亲他们的脸。气息里有丝丝酒味。之后彻底消失，直到普猛的噩耗传来。赵启航说是她害死他的，如果她随他去了北京，他就死不了。她对他负有责任。就像一个母亲对儿子负有责任。直到去往墓地她才哭了，才完全失控，才跪倒在地，让他想起那个烂教室外面的守候之夜。无尽空虚。无尽空虚。去它的无尽空虚啊。普猛才区区二十一岁，再也做不了伟大的吉他手兼主唱了，再也无法超越崔健黑豹唐朝了。他问马基，一车泥巴咋个值这么多钱？马基说你他妈傻呀。他说你说说嘛。此时车子经过江边火锅店，没有小罗琴，也不见小肌肉，那辆被他砸烂后视镜的大洋摩托下面蹲着一个老家伙，一面收拾碎玻璃一面骂娘。他让马基靠边停下，跳下车问他，你的摩托？对方说，不是我的是哪个的？我操他妈的狗杂种，哪个砸我摩托？你给认得，你给看见，哪个砸的？他摇摇脑袋回到车上。他们一起看着他，像追忆前半生一样默默看着。老家伙蹲地上，耷拉着两手，面对糟烂的后视镜无可奈何。风把火锅店帆布篷吹得呼啦啦响，到处是火锅味臭泥巴味，满地碎镜片反光，直刺眼睛。你干的，马基说。方休咬着嘴巴不说一个字。

四

现在他们挖坑了，像要填埋什么。黑启德来回走动，摇晃着肥硕的身体，这里指点一下，那里指点一下。黑暗中响彻泥巴噗噗飞动四溅之声。方休挪挪双脚，还是冷，很担心感冒。他问黑启德到底搞哪样名堂，黑漆嘛咕咚的，挖哪样金银财宝嘛。黑启德说你会认得的。他说你到底哪样东西瞒我，黑启德充满深意地看他，然后继续冲黑暗唱歌，《谢谢你的爱》。真他妈烦人，反反复复就这一首。他的嗓子相当破，还经常走调。技校时代他就是个唱歌很烂的家伙。茨坝街头的露天KTV非常不欢迎黑启德抢过话筒，那将给所有人——唱歌的听歌的看热闹的——带来巨大折磨，很多人一哄而散，一边走一边骂娘。方休想念普猛了，想念趴在门外啜泣的赵启航，但也许更想念老猴子粗糙带茧、手指并拢的黝黑的手。普猛从来不是严格意义的兄弟之一，狗日的更喜欢独来独往，一个人弹琴唱歌。他们刚开始也不喜欢他，后来发现他人听话，不惹事，还会弹吉他，有时候就像一束清清亮亮的光，就像那只小手电。他都忘了手电是锡皮的还是塑料的，那一点点光亮直直射向老猴子木然发蒙的脸，射向它先知一般巨大的灰色瞳孔和僵硬如死亡的眼白，好像这种简单对视只是为了彼此辨认对方的种类和属性，辨认他们活在意外之外的幸运和灾难。他再也忘不掉了。黑启德点一根烟，又把烟和火机都给他，说我不容易啊，兄弟。他又唠唠叨叨。他就是一个唠唠叨叨的死胖子，再不复从前的低调麻利了。方休说我晓得。黑启德说他老婆也快跟人跑啦，他老不着家，在公司泡着，尤物泡着，在海埂大坝泡着。我很敬业啊，他说，我一整星期都睡办公室。就在那张烂沙发上，比你家的沙发还烂的沙发。方休说你该回家啊。你不能让你婆娘重演我婆娘的伎俩啊。黑启德说随便，大要下雨，娘要嫁人，随便。我累死累活为哪样？为你们，为你们几个兄弟。方休说，但是么，亲兄弟明算账，我们这帮人，总不能……黑启德说，当年我们讲过的话，你硬是忘了。方休说哪样话嘛？他说你真忘了？忘了算逑，忘了说明你言而无信。方休说我真忘了，黑。后者扬扬下巴说，我希望我让你们婆娘满意。方休说，哪样意思，何况都没有婆娘了。黑启德说以后还会有嘛。我的意思是，以后你婆娘可以上“金格”（购物中心）买块手表，买个LV包包。

你瞧我婆娘，我操。她嫌爱马仕不好看，非要古驰，穿在脚上还是难看，她说要么买格拉菲慕？我说，行，换格拉菲慕，还是难看，那就只有阿玛尼男鞋了。她倒是喜欢啊，一双男鞋居然相当好看，像范爷范冰冰，哈哈哈。就像范爷范冰冰。他们大笑不止。

有福同享，有难同当。大概吧。录像里反复折腾的豪言壮语。当黑启德二十年后把他们一个个聚拢，豪言壮语就不再停留在嘴巴上了，但他渐渐反感，又说不清为哪样反感。昨天夜里小罗琴上楼敲门。他睡得迷迷糊糊，梦见自己被一只蜕皮的青蛙吃了，惊出一身冷汗。他起身开门，那张小小的狐狸脸被惨淡的声控灯光刺得灰白，像门前的擦脚垫子。他本想出门游荡的，这是他的唯一爱好。他喜欢顺盘龙江走很远，观看江边一群群男女疯狂跳舞，各种各样的舞，自创的舞学来的舞。不可思议的是很多老家伙在劲爆的音乐里下棋，棋盘铺在地上，路灯照上去惨白一片。还有人玩蛇，玩老鼠，玩小孩的玩具火车。每个人都不快乐，否则就不会目光呆滞、头发乱甩了。小罗琴踢着板凳说，这几天你咋不来找我？他说，你和你男朋友在一起，我咋个找你？小罗琴凑近，让他闻她头发里有没有火锅味。他说，你过来，不是我过去。小罗琴说难怪你老婆跟别人跑了，你就那么不顺着女人嗦。他说我就是太顺着她了她才跑的。小罗琴说哪样狗屁逻辑。他说你男朋友呢？小罗琴说，跑了。他哈哈笑了，说你开哪样玩笑。她说是真跑了，火锅店关张了，小肌肉欠一屁股债只好跑路。店是借高利贷干起来的，原本算过一笔账，只要每天上座率七成，年底就能挣个七十万，不仅能把一多半高利贷还掉，还能带她飞一趟巴黎，去埃菲尔铁塔上拍婚纱照哩。方休说咋个会这种。小罗琴说很正常嘛，这种世道，很正常，哪个不欠债，哪个不出轨，哪个不跑路嘛。反正他会回来，只要不死，就会回来。方休说回来娶你？小罗琴点头又摇头，说你到底给闻见我头发里的火锅味了？他说闻见了，很臭。你很臭，小罗琴。她嘿嘿傻笑，甩掉塑料拖鞋，用大脚趾搓他小腹。他说你整哪样，她说你说呢？他们就在沙发上顺势倒下。完事后她说，我认得你去海埂大坝和尤物的女人喝酒了，方休说你咋晓得？小罗琴说我就是晓得。之后他们沉默。再之后她说饿了，起身把他冰箱里乱七八糟的东西全部倒腾出来，准备做一顿晚饭。他说我吃过了，她说我还没吃啊。她给自己煮一碗面条，放了番茄、青椒和几片不知哪个送他的宣威老火腿。吃完后她心满意足，叉腿坐在屋子正中，两手撑在椅子上，微微摇晃着，目光轻飘得像羽毛。他说我有个兄弟，让我去看场子。她点点头说，哪样场子？赌场，酒店，还是舞厅？他想了想说，垃圾场。她笑了，说你哄鬼哟。垃圾场还要人看吗？有人会偷垃圾？哈哈哈。方休说真的，是真的，没必要骗你。小罗琴抬手卷弄长发，缠在食指上，又松开。方休说你以后咋个整？我养你？还是你去尤物坐台算了，一晚上挣两万。她说你想死啊。他不说了，抬头望着她。他感到忧伤，非常忧伤。不知道今夜之后怎么办，事情将朝哪个方向发展，不知道小罗琴还是不是她小罗琴，不知道小肌肉还回不回来。最重要的，和面对老猴子的感觉一模一样——短暂的出神恍惚、灵魂出窍以及万物暂时平衡的幸福都会消失的，也都要消失的。今晚他们在你面前，明晚就不见了，甚至过了此刻就再也不见了。青春、普猛、茨坝都将消失，而且速度飞快，你就是用你余生力气也追不上它；那些经历快如风暴，眼睁睁从指尖飞走，而你连抬抬手指的气力也没啦。他说我给你钱吧。她说我又不是鸡。他坚持给她两千块钱，握在手里薄薄的，不太真实。她接过去了，揣进兜里。这一次沉默的时间很长，就像天已经亮了，就像他们即将分开。但不会，还不至于。她好像随时会走，又好像会永远留下。今天她穿一件庸俗的低胸长裙，裙摆上有臃肿的褶皱，像穿着一只包子。他感到浑身乏力，并且喘不上气。活着也就如此而已吧。乏力并且喘不上气。有相当长一段时间他熬夜开出租，像孤魂野鬼一样游荡在K城的大街小巷，拉上一个个奇奇怪怪的客人，再把他们扔到奇奇怪怪的地方。有那么几员彪形大汉，他误以为他们会把他骗到郊外干掉，抢他车抢他钱，但是没有，他们客客气气在郊野公园下车，给了他足够的钱，而且不用找零，立即勾肩搭背亲起嘴巴来，原来是同性恋哪我操。不，他不歧视他们，只是好奇并且匪夷所思。男人和男人怎么能干呢？而且是真正的爱情。不过，男人和男人就不用离婚了。多好啊。他从黑漆漆的山路上小心开回城里，在白马小区狗肉摊要了三两凉拌狗肉、一瓶大理啤酒。他吃得很慢，通常这是一天的开始，夜宵就是早餐。天色很黑，他想起路上的心惊肉跳忍不住笑出声来。但他提醒自己这种跑郊区的活计以后不能再接，拒载咋啦，命要紧。可为哪样保命？他想不清楚。人人要死，可也人人怕死。他无牵无挂，可还是怕死。吃完狗肉整个人都热乎了，既有想法又没想法，不会辜负这个洒水车悄然驶过的黎明，也不会辜负那些漂亮的招手打车的姑娘。金可可搬走那阵他以为熬不过去，心悸气喘头疼胸闷，常常半夜惊醒，浑身冒汗，嘴里发苦。他给很多人打电话，半夜三更的，接电话的人多半不熟，他们骂他疯了，无人听他瞎扯。他起身去江边，去没人的黑暗里，循着江岸密林一路往前，有时碰上做爱的情侣，有时碰上流浪狗的聚会，有时碰上落单的妓女问他要不要安慰一下。他同情她们，但是上帝不怜恤她们，让她们挣扎、疲乏；她们一身的病呀，还那么年轻，年轻得像他出生前的妈。她在他十六岁那年死了，父亲后来去了养老院，后来中风了，差点就死。老头子流着口水眼泪磨磨唧唧告诉他说他母亲是被他活活气死的，因为他和单位小文员搞上了。那个年代哪个容忍这些，老头子活在沉痛的愧疚悔恨中，直到中风倒下。那一代人也就这样了，把自己活活逼死。像猴子，关在笼子里；或混账，拴在院子里。每个人心中重要之物都不一样，也很难一样。他现在找不见的就是这个重要之物。无尽空虚。到底哪样东西是他念念不忘、宁愿去死的？没有，不会有。不是金可可，不是中风的老头子或死去的妈。哪样也不是，哪个也不是。

现在小罗琴打着哈欠准备下楼。他问她有哪样想法，她说哪样想法？他说以后，你哪样想法？她说你这个人真是有病，我咋认得以后？睡好觉、吃饱饭就行了嘛，没吃的我就来找你吃，没睡的我就来找你睡。他笑了，说随时欢迎，明天我就买一袋最好的东北大米。小罗琴说，是今天，你看看，都4点了，今天你就买米买面让我吃嘛。他说没问题。然后他们又沉默了。小罗琴问了问他的新工作，他无法解释清楚，小罗琴也无法想象泥巴咋个卖钱，而且是大价钱。他说他也没想明白，而且，是挖泥巴的农民给他们钱，黑启德再把钱按月发给他的兄弟，他们每天再把钱按一定比例从牌桌上返还黑启德的腰包。因为每月拿的不少，将近一万啦。他感激黑启德，又莫名惊恐，他清楚他干的那点活根本值不了那么多。小罗琴打着哈欠说钱多是好事，你还怕它咬手啊，那你给我花嘛。方休掏出儿白递给她，说拿去，拿去。小罗琴笑着说我还真没见过你这种男人，但是老娘说了卖艺不卖身。然而他的手并未收回，钞票亮得扎眼，小罗琴像上次那样一把抓过去，说好好好，下次我请你吃火锅。他说你店都没了咋个请，她说我请你上别的重庆火锅吃嘛，你还怕我请不起？小罗琴走后他睡了一觉，醒来觉得很累，非常累，一种性事之后的深深疲乏，感觉身体和灵魂都空了。

上午10点，超美公司院子里没有一辆车。厨房老许说都出去了，头一转还没回来。他搬一把椅子晒太阳，时间移动缓慢。他回到麻将室，桌子椅子都空着，自动麻将桌也空着，没有一张牌。他抓了一张纸糊涂乱写，车、水、饭、人、操。不是练字，只想打发时间。他觉得无聊，非常无聊。无聊的人还能到手那么多钱，这世道彻底疯了。他想他今天必须输个三五百才对得住黑启德。最先回来的是王九，他穿得油腻腻脏兮兮，仿佛从车底才修完车爬出来。他们抽了支烟，喝了杯茶，他让王九带他跑一趟，王九说你该找个女人了，要么整一辆大车开开嘛，跟我们一起拉泥巴。他说好啊，我跟你们拉泥巴。王九意味深长地说，不是哪个想拉就给拉的，要黑同意才行。他说不公平啊，我每天喝茶，发呆，挣的跟你们差球不多。王九说黑早说过了，要对得住你，要对得住方休你。他说太对得住了，他从不欠我。欠，王九说，当年是他踹的孙校长，你顶的包。他想了想说，明明是我啊，再说当年我是你们老大。王九笑了，说现在你不是老大了，你必须听真正的老大的了。黑干得好，义气。他说义气二字时方休恍惚看见两把银闪闪的快刀捅进黑启德两肋，看见吴宇森的白鸽漫天乱飞，小马哥临死前摆个造型，深情地望着刘德华。他跳上车，王九开得极快，远比马基快，一路风驰电掣，以不可思议的速度将他熟悉的K城大街一次次抛下。他问王九，烂泥巴咋个赚钱？王九说到了你就晓得。这一回的大溪地渔村不是上回那个，是绕了更远的路，差不多到呈贡了。他们沿一个峡湾往里开，村庄七零八落，狗和鸡满地乱跑。三五个农民，而且是年纪很大的农民抽着烟，穿着脏兮兮的工装裤和到处是石灰点子的帆布胶鞋蹲在一幢土坯房子下面，见大车驶进来后纷纷起立，其中两个冲一个更老的家伙打声招呼，走掉了。老家伙一瘸一拐朝王九走来，说今天没得泥巴。王九拉开车门跳下去，方休听见他说咋个整的，刚才菠萝村还拉了三车，你们村一车没得？老家伙说没人挖嘛。王九提高声音说咋没人挖？合同也有嘛，你们赖账？老家伙说不是赖账，你回去告诉你们老大，怕是要多分我们点，一车多个五千。王九说你们坐地起价嘛，咋个这种！方休闻言跳下去站在老头面前。王九冷冷看他，说你回去，没得事。方休心里一阵刺痛，只好后退站着。这种神秘尴尬的气氛提醒他，他再不是当年的茨坝老大了。王九换了口吻，小声说你回车上，这种事情多了，我天天和他们嚷架。老头说不是我们不守信，是村里没得一个年轻人，老倌们没力气挖嘛，万一有个三长两短咋整？多要五千么，我就好交代了。方休觉得王九遭到了勒索，这种事情搁在二十年前简直无法想象——一个路都走不动的老家伙，尿水随时滋在裤裆里的老不死，岂敢明火执仗要挟哥儿几个？这世界已不可理喻，就像小罗琴的小肌肉开个火锅店，就背一屁股高利贷被人追杀一样。么你要咋说，不是有合同嘛！他执意不回车上，反而提高嗓门为王九撑腰。老头皱着眉头看他，表情漠然，像在看一个马戏团小丑。老头冲王九撇撇嘴，说，他是哪个？要这种谈，老子就不谈了，回去找你们老大来！王九扭头盯住方休，高声喝道，你回去，回车上去，没你的事情。方休两眼发花，脑袋嗡嗡响，这当然不是那个屁颠屁颠、鞍前马后往他杯子里添酒的王九了，甚至和刚才车上讲他被前妻搞走二十万的王九也不是同一个了。真他妈荒唐。方休觉得冷，空气里充满油漆一样浓重的恶臭。他转身，上车。身体瑟瑟发抖。他后悔跑这一趟了。何必要来？何必跟他王九跑大溪地来？和老猴子握手的冰冷感觉回来了。我操。王九唯唯诺诺，说他一定转达。老家伙摇摇脑袋，咬着腮帮不吭声。两人站在恶臭的风中，太阳垂直照下来。随后他们又低声说了什么，方休没有听清。或者，他已经不想听了，否则自己像个贼。他们的交谈一定涉及什么，就像他并不确切知道的事情总有诡异的征兆。金可可离婚前头两个月就喜欢偷偷摸摸躲进卫生间，回家越来越晚，说她所在那支跑场舞队即将解散，不得不抓紧机会去熟悉的场子捞一把。一天夜里他从她包里搜出一只避孕套，她说是跑来夜场的大学生派发防艾用品塞她包里的，当时她在台上跳《江南style》。他说，你就骗我嘛，你他妈就骗我这个傻逼嘛。金可可像大领导一样挥挥手说，不信你去问嘛，问我们团小小。你认得小小，不信你问她，我要骗你我就去死。金可可一面说一面将避孕套扔进垃圾桶。他说好，我再信你一回。他想一直信她，又不再信她。不重要了，信任是这个世上最昂贵也最廉价的东西。直到她找来那个男人帮她搬走家当，他才想起那只套，被她扔掉的包装完好的套。他产生了恶心联想，觉得此人下面很小，套又太大了。他看着他们搬走东西，看着他们像两条随时可以交配的狗。他没生气，没真正生气，而是悲哀，像濒死的鱼一样悲哀，无法游得更深更快了，也无法浮出水面。他们撤的时候说在附近一家火锅店订了座，彬彬有礼地问他去不去，他摇摇头。后来他从小罗琴和金可可之间找到了这种神秘联系，也许金可可的头发里就充满油腻腻的火锅味，而她，小罗琴，头发里从来没有，只有淡淡的柠檬清香。她周身都散发着这种年轻人特有的清爽的幽香，一种让人心醉神迷的温热柔韧，就像上好的小牛肉撒满匀细的大理石花纹。现在他知道这种糟糕的征兆往往确有其事。他明白了，王九马基看他的眼光的确变了，不再是二十年前的兄弟了，虽然他们口口声声还称他兄弟。真傻啊，哪有叼着牙签为兄弟挡枪的小马哥？王九爬上车，牛仔裤兜撑得滚圆，露出两只硕大的白塑料袋。他拽上门，发动。调头的时候那老家伙站在墙角冷冷打量。开出三五公里，王九拍了拍他大腿，表达某种不得不如此的歉意。他从他屁股后面抽出两只袋子，最少几万，太重了。王九说他妈的硬是少了五千，说不给就不给啊，狗日的老杂种。方休问他究竟。王九说，我告诉你，你不准告诉任何人，更不能说是我告诉你的。方休点头。王九说这种事情其实很简单：超美公司从农民手里买泥巴，农民呢，尤其村主任或村支书就给回扣。方休不太明白，你的意思是，买些烂泥巴？王九解释，是政府的钱，必须花出去的大溪地垃圾清运费，买任何人的泥巴都是个买，关系熟的农民再把钱倒腾回来，也就是回扣。花公家的钱，得公家好处，懂了？方休点头。王九说这个村的老杂毛越来越精，硬是多留五千。你不能得罪他们，要是得罪了，十来号人不挖泥巴，你还咋个搞钱？

一楼麻将室早就噼噼啪啪了，认识不认识的都泡在里面。茶也沏好了，一个浓眉大眼、化浓妆的女人毕恭毕敬端到黑启德面前，后者眼皮都懒得抬下，手里稀里哗啦砌牌，打出去，忽然转向方休，说你没见过嫂子？方休说，是弟妹。黑启德哈哈笑，说，好，好，弟妹。我是比你小两个月，才两个月嘛，你叫嫂子。方休没叫。王九暗暗踢他。方休叫了：嫂子。一切像暗下来又重新点亮，他坐在一群人中间，既不受用，也不孤独。不，他从不孤独，又非常孤独，连金可可也无法缓解，仿佛一直待在外面、外部，因为人群的激动稍稍激动又很难彻底激动，或者说，很快就陷入难熬的没法说清、不知缘由的尴尬。他想他大半辈子除技校那点快乐时光之外都是在尴尬中打发的，没留下印记，连一点惊喜都没有。也许结婚当天是例外，仅限于上台前二十分钟，此后就是面对一两百号亲友的张皇失措。哪个能讲清楚婚姻到底带来哪样，好，还是不好。一个女人走进生活或者生活与一个女人捆绑起来真不可思议啊，要命的是你一直在找她。找到了，他以为找到了，慢慢就不对了。事情总在变化。从这头到那头。就像你舔掉过期面包上的糖霜就必须啃面包了。这个女人，这个面目不清的老女人真是黑启德老婆？没印象，没有一点印象。他明明参加过他们婚礼，明明第一天来公司报到就见过，现在哪样都想不起来。他对婚礼也没印象了，好像根本没有参加。女人冲他笑笑，说你莫听老黑的，叫弟妹就行。方休还是执拗地又叫了声嫂子。女人笑着出去了，过一会儿又回来，手里举着一只柚子，说沙田柚，很甜的，来来来，要吃的举手啊。

方休抬脚走到外面。下午太阳灼人，他尽量缩在阴影中，瞅着那条叫混账的大狗。此狗黄背黑尾，大得像匹马，侧躺在滚烫的前廊水泥地上睡大觉，耳朵不时扑扇着赶走苍蝇。方休盯着它上下起伏的肚皮，忽然突发奇想：混账的肉，好吃吗？他摇摇脑袋，觉得自己极其可耻。他喊它，混账。混账眯着眼睛装睡。他捡起一粒石子砸它圆滚滚的肚皮。混账还是爱答不理。狗日的，他没法想象这么懒的狗怎么看家护院——从不叫唤，除了吃就是睡，对任何陌生人进进出出一概不闻不问。他搞不清楚黑启德养条废物干哪样。如果狗不是一条尽责的狗，就和一只鸡一只兔子差球不多，你还指望什么？难不成，养来杀吃？他又叫它两声，混账，混账。狗还是没动静，他提高嗓门大吼，混账！混账总算抬抬脑袋，冷漠茫然地看他一眼又睡下了。他正想上前踢它，忽听一个女人轻声说，听老黑讲，你离了？方休回头看她，猛然觉得她老得太厉害，像换了个人。女人的巅峰期不过短短两三年，过了就跟报废的破车差不多。他笑着说，是的，嫂子。莫叫我嫂子，她说，算了，过去就过去了，我给你介绍个新的，漂亮，脾气好。他轻轻点头。女人说有空来家坐。他还是点点头。女人又说，你听说哪样了？听说哪样？他不明白。你跟马基王九都出过车了？是。我们是兄弟嘛，当年茨坝四人帮。女人笑笑说，我认得你们感情好，但是，咋个讲呢，很多事情都有底线。莫怨我没提醒你啊。方休回头看她，女人的表情似笑非笑，从包里掏出一粒奶糖，剥开扔给混账。嘿，嘿，吃糖。混账半仰脑袋，一嘴咬住奶糖，三两下就嚼巴嚼巴吞了。它听你话啊，方休说。对，它听我的，女人说，你莫叫它混账，它能听懂，晓得你们骂它。你就叫它兄弟，它保管听你的，不信你试试？方休笑了，冲混账大喊一声兄弟，混账果然蹿起半座身体冲他呼呼摇尾巴。不可思议。他们嘻嘻哈哈又逗一阵狗，女人意味深长地看他一眼，折回麻将室。兄弟，狗日的兄弟。他瞧着它那张眼角耷拉、目光呆滞的肥厚的脸忽然一阵凄凉。兄弟，你该走走了，兄弟。你狗日的要天天这么躺着你就废了。这不是狗该过的日子。人和狗都架不住这么过日子。你狗日的又没离婚，你连老婆都没娶过呢。

五

现在挖土的声音越来越清晰，有的地方出现咔咔响声，就像挖到石头或废铜烂铁，马基王九和那个不算太熟、总是输钱的老扁破口大骂。两个尤物的野姑娘穿着超短裙，脚踩银色高跟鞋，抱紧胳臂，顶着寒风，瑟瑟发抖。越来越冷。月亮出来又消失，像人一样蒙受欺骗，像大溪地污染严重、照样被打捞贩售的鱼，像地底的隐秘节奏，或磕磕巴巴的诗。他问黑启德这是干哪样，黑启德说挖呗，有宝贝，挖到底下，挖到最底下就晓得了。快了。方休说挖来挖去不就是一摊烂泥巴？黑启德一言不发。长长的沉默就像他们之间早就无话可说了。月亮在云中钻进钻出，银辉一泻千里，让高高的臭泥巴堆闪闪发亮，如钻石的穹窿。他想象不出烂泥巴底下埋着哪样，竟让黑启德大费周折。黑打破沉默说你还记得录像室老段吗？还记得那个瘸子？他说记得。其实老段不瘸，只是走路慢，脚底板拖拖拉拉。你说得上名字的录像带他都能翻出来，有时候屏幕上刺刺溜溜闪出一片颗粒，也有清晰的好片，比如《跛豪》《天若有情》。他们经常熬夜，第二天该上课上课，该踢球踢球，一点不累。方休记得他们摸黑进入录像厅那种黏啦吧唧的臭味汗味烟味精液气味裹挟的闷热，持久不散，像坚硬的灰，你必须戳破它，像戳破假话一样戳破它。一排排木头长椅依次排列，坐上去感觉很硬很硌，像受刑，但你轻而易举就接受了这种刑罚，摸着椅背的粗粝手感像按住柴火，很多人或坐或躺，有人干脆坐在椅背上，两脚戳在椅子上，这样就能看得更清更远。大多数时候他们去头一排，坐在椅背上。有时遭到隔壁某校的人说你们这咋整么，让别人咋个坐下来？黑启德立即拿眼白横他，叼着烟，抬起下巴说，你再讲一遍？那人刚要回嘴，马基王九都站起来，有时候普猛也站起来。对方立马蔫了，赶紧赔礼道歉，或换个地方坐下，或溜出录像室。瘸腿老段一通宵放四部录像，看完天就亮了；有一次连放《倩女幽魂》一二三四，从里面出来，方休已搞不清楚哪一部讲了哪样。被打趴下塞到椅子底下的无业青年一表人才，他们打完了，继续坐在椅背上等着，等那人纠集的人赶来。瘸腿老段求他们说，哥儿几个要打架外面打嘛，莫这种整嘛，给我个面子嘛，我免费一个月，给要得？方休不发话。瘸腿老段觍着脸哀求，一把鼻涕一把泪，直到浑身汗湿。时间无比漫长，像大铁锅里煮不烂蒸不透的猪下水。能听见外面马车的嘚嘚声，不是汽车轰鸣，真他妈怪了。然后他们散烟，抽了一轮，默默等待，十分钟后跳下椅背，就当瘸腿老段不存在，来回跑动，把椅子踢得砰砰响。后来集体走到外面，马基想找一件顺手的家伙，被方休制止，最后统一意见，最多用棍子，不用带铁的，更不用带尖带刃的。微蒙的光拖过清灰色水泥地，那家伙口中的兄弟们还是没来，一个也没来。他们等到中午，等得瘸腿老段也不得不放弃听天由命，躺在前排呼呼大睡。王九打开录像机重看《纵横四海》，最后火并那一幕终于出现，哥儿几个一起拍巴掌，热血沸腾，嗷嗷叫喊，好像死是很简单很容易也很诗意的事情。但没人跑来送死，清晨的寂静变成一种沉甸甸的需要正视的东西，一种冷酷而高贵之物。他命令黑启德打车将人送往医院。黑启德马基将年轻人从椅子下面拖出，打了车扛进后座消失在茨坝街口。日光清亮，风也没有。该吃午饭了。他们晃到川菜馆点了几个下饭菜，又要了两瓶苞谷酒，准备在酒桌上消磨整个下午。黑启德马基赶回是两点多钟了，说事情办妥。他们喝了很多酒。一直到天色渐暗，才返回学校蒙头大睡。

现在黑启德问他还记不记得那天，那个男人，被他们撂倒的怂货，都以为他死了、被扔在椅子底下蠕动哼哼的怂货，他们还站在椅子上砰砰跳啊跺脚啊。方休说当然记得。黑启德说，那天他和马基没去医院，没送他去，而是拐个弯就撂街上了，扔在街心花园。但给了钱，自己一个月伙食费，整三百，塞他口袋里，而且马基也把身上二十块一并掏了。他们打车回来，撒谎说把他送医院了。方休大吃一惊。原以为他们要是狠揍了哪个，也会将他体面地送去救治的，像个爷们儿，没想过黑启德中途撂挑子，而且瞒了这么多年。而且，最重要的，他们没听他的，他的话失效了。没人知道那家伙是死是活。完全没有下落，也再没见过。这个社会青年，穿白衬衫戴太阳帽的青年说消失就消失了。不，他没死，这个愣头愣脑、整天喝得醉醺醺、诅咒社会和命运的家伙注定不会很快就死，他会换个地方晃荡。其实他并不招人讨厌，反而有些文艺青年的派头，还冲姑娘吹口哨。他们就为这个揍他，因为他冲班上一个姑娘吹了口哨。他们揍他时姑娘吓跑了。他们连她是谁都忘了，有人说她不是本校女生也是社会上混的。反正他们把他修理了，管他为哪样修理，反正修理他的时候相当爽。现在方休深深后悔当时没那么多暴力是否活得好一点，现在每个人都不太好，就因为当年罪孽深重。这种狗屎不如的生活，这种向死之先的闷燥，不是人过的。哪一种才是，他想不出来。蛆一样啊，像蛆一样。彻骨的冷又来了，像脚底粘在冰面上，两肺顶着受恶臭和重压，脑袋疼得要命。

好吧说说小罗琴，这一次我提醒你们打起精神，因为我讲到关键之处了。我知道这个小说稍稍有点长，稍稍超出了你们的耐性。没关系，好小说会让你一气读完的。嗯，我们的小罗琴隔三岔五上楼吃饭，看电视，做爱，但从不留下过夜。他问她为哪样，她说，不习惯嘛，你的床太硬了，不好睡。方休说，我从后面抱着你睡嘛。小罗琴捂着嘴巴笑说，你是电影看多了哦。再说，睡你床上过夜就成你的人了，凭啥子，我是有男朋友的嘛。他说行啦，你走吧。他听着她的高跟鞋咯噔咯噔下楼，消失，再也没有声音。他还想过另一种让她留下的方式：喝酒。她喝醉了就留下来了嘛，他无法理解她既然愿意跟他睡，为哪样不愿留下。有时候空荡荡的家实在无法容忍，尤其半夜里一个人也没有，一条影子也没有。连条狗也没有。他想过养一条狗，但你知道的，这种小区单元楼养狗不合适，一是气味浓烈；二是楼层太高，狗爬不上去，特别是它老了之后；三是到底养哪一种狗也让人费脑筋，太小的太老实，太大的又怕伤人。想来想去索性算逑。小罗琴一度消失两个月，他忽然就没她消息了。这些姑娘的臭毛病无非是吃着碗里看着锅里，无非是成天做梦嫁个好男人，但事实呢，事实也许是她骨子里从来就缺乏自信。哪个能给她自信呢，总不能是他方休吧。当她忽然回来，两个月后忽然又像过去那样砰砰敲开他的门，他的心情糟得像冬天晾在寒风中的树杈，像一盘好菜硬是放坏了。为哪样回来？他想，走就走球了吧，何必回来？她还是那样，似乎没变化，但仔细再看还是有变化：红色紧身套头T恤、牛仔裤、布拖鞋，很性感，也很憔悴，两个大大的黑眼圈；烫过的几绺发丝垂在窄窄的小脸两侧，像托着一碟过期奶油，眼角的淡蓝色血管周围已经有细细的纹路了。小罗琴进门脱鞋，经过他时重重叹气，走到饮水机前接了水，歪进沙发一气喝干。然后瞧着他，说有哪样吃的？他说你自己看。她打开冰箱，找到些碎肉末，又找到永远充足的面条，烧水，下面。他说你好像饿了三天三夜，她说我减肥呢，咋个。他问她跑哪去了，她说还能去哪。他沉默片刻说，找你小男朋友？他跑贵州了，我去贵州；又说在四川，我又跑四川。她说。又去北京天津上海，最后在南京。狗日的，我在南京找着他了。在一家健身房当教练。讲到此处她不再讲了。他们一起蹲在茶几边上吸溜吸溜吃面。然后他又煎了四只鸡蛋，夹三只给她。她风卷残云，抹抹嘴，打个饱嗝。他问她吃饱没有。她说有烟吗？他给她烟。她抽两口，将烟雾喷向空中，忽然盯住阳台上一株快死的茑萝。他说你看哪样？她默默抽烟，说你没发现？他说发现哪样？她说，花快死了。他说他买下房子的时候它就在那儿了，要死不活。没有真死，也不能再活。是吗？小罗琴来到阳台，伸手摸它枯皱的叶子和干透的粉色小花，说你弄点水来。他打来一缸子凉水，她接过去小心翼翼浇到根部，棕色的脆泥发出饥渴的吱吱吞咽的声音。小罗琴笑了，说还能活哩，你给相信？他说我不信，她说赌哪样？他说赌一万块。小罗琴笑了，说好好好，一万块钱。我输了大不了陪你睡觉嘛。他细看茑萝，除了显而易见的衰败、死亡，除了根本不可能重新焕发的被新水激发的一点点湿润，小小的陶瓷花盆里面哪样也没有。该死的终究要死，也早就死了。她要是不提，他早忘了，忘了还有这么一个小东西，哪怕死了，还守在阳台上迎接日升月落。他说后来呢，后来？后来，小罗琴说，我问他呀，钱还上了？他说早得很。他跑路么，就是不想拖累我。我说你还要不要我嘛，他说你哪样意思？我说我帮你一起还。多少钱？他说一百多万，拿命还？我说我帮你呗。后来嘛，后来，我就帮他还钱。小罗琴停下来，斜睨着地板。方休说咋个帮？话一出口就后悔了。他猜得到，只是不敢说。三个月间她挣的每一分钱全部交给小肌肉，但就在前天的前天，对，五天前吧，一大早，她说，一大早起来，就在小肌肉的出租房里，他又不见了。消失了，收拾东西又跑路了。她等了三天毫无动静，也联系不上，连微信红包也没收。她立马买了火车票哐当哐当回K城。为哪样还回K城？为哪样还要回到这个糟烂的给她霉运的鬼地方？她不晓得。她说，回不了贵州那就K城。必须是K城。楼下房子还在，东西还在，她走的时候通知房东要是半年不回来就再不回来了，屋里一切随便处置。可还是回来了，不明不白地回来了。

方休说你为我回来的？小罗琴笑了，说你好聪明哟，被你猜到了。他们哈哈大笑。然后陷入长长的沉默。他知道她是另一个人了，不再是三个月前的小罗琴了。人和人就那么奇怪。他盯着那盆茑萝，那盆似乎被新水催发生命的将死或已死之物，尚未脱落的叶片在暗夜里颤抖。时间到了，小罗琴说。他忽然担心她冲上阳台纵身跃下。但只是短暂的幻觉，被黑暗和穿堂凉风撕扯后像墙上的水渍迅速消失。小罗琴说，今晚我跟你睡。今晚就睡你床上，好吧？他说不出话来。一种深深的无奈从水泥地板上升起来。他们看了看电视，他感觉到一点点情欲也被长长的时间摧毁了。他晓得她今晚不会下楼，不会钻进空闲三个月的发霉的被窝。

那么事情就这样了，就这么发生，也就这么结束。他问她小肌肉还有多少外债，她说利滚利呀，少说八十万。他一句话也说不出来。他们上了床，磕磕绊绊准备做爱，小罗琴忽然掩面哭泣，两腿并拢。他明白了，不再勉强。小罗琴丝丝缕缕的哭声很快止住了，说你嫌弃我？他说没有，我咋敢嫌弃你。她用手背擦了擦眼睛和下巴，说我才不信你不嫌弃我。他说我真不嫌弃你，不信我们就做啊。她两腿又并紧了，说，不要。他亲了亲她脸上的泪痕，说你睡吧，赶紧睡。她闭上眼睛又睁开，瞪着天花板说，为哪样有人来钱那么容易，我们来钱那么难，要了命的难。人不值钱，像垃圾一样，对，就像你每天守着的臭泥巴。这话给他带来重重一击。他想起泥巴，到处泛滥臭气的没人要的烂泥巴。是的，它们相当值钱，一车一车运来，又一车一车清空。他说我给你讲讲这些泥巴，我给你讲讲。她听着，没打断他。最后她摸黑抽了一支烟，说要么你跟我走。跟你？方休说，去哪里？我是半截老倌了。你喜欢我？小罗琴说。方休想了想说，喜欢。那你跟我走，小罗琴说。方休想了想说，去哪里嘛？小罗琴半天不说话，红色烟头在黑暗中明灭。屋里全是烟味。他喜欢这种气味，烟味香味汗味纷乱交织，提醒他还活着。他想看看她，但只在烟头骤亮的瞬间才能看清她额头粗糙的皮，让他想起老猴子的手。是啊，如果她真想离开，也希望他跟她离开，他会答应的。会的。这种事情很简单。没有比这种事情更简单的事情了。小罗琴说，唉。他说你叹气干哪样？她说，唉。长长的沉默。我没想好去哪里，小罗琴说，到处都一样嘛，到处都一模一样。吃饭睡觉挣钱。是，他说。她又不说话了。是的，他又说，吃饭睡觉挣钱，吃饭睡觉挣钱。他们笑了，她挠了挠他的手心，然后抓住他。两只手紧紧握了很久。然后她说，按你的说法，你那个兄弟，来钱太容易了。他没吭声。她说，天爷，撑的撑死，饿的饿死。天爷。他还是没吭声。她说，你说他到底在哪儿？他枕着两臂说，我咋晓得。小罗琴用一种仿佛老去一百岁的沙哑嗓音说，该找的地方找了，该跑的地方跑了。他盯着她，幽暗之中完全看不清楚她，唯有她饱满的身体在朦胧月光下清澈发亮。你到底要去哪儿？他说。不晓得，她答。么你还叫我跟你走。她扑哧笑了，说你当真了？是，我他妈当真了。他狠狠搂抱她，带着强烈的恨和爱狠狠搂抱她，想把她柔韧的身体变成自己的一部分，变成黑暗的一部分或者死的一部分。次日她帮他收拾了房间，他给她一千块钱，她收下了。他问她要不要那盆茑萝，她说算了，她会定期上来浇水的。好嘛，好。她走后他呆呆看它，枯死的叶子在凉风里打颤，单薄得可怜，也小得可怜。他想它肯定是活不过来啦。死就死了吧，何必要活呢。小罗琴咋想的？他差点伸手碰碰它，差一点。就怕它干瘪的叶子一碰就碎，像残破的钱，像干土和沙子。

那以后小罗琴很少再上来敲他的门。他想下楼找她，又不敢贸然闯进去，何况她惦念着小肌肉，何况他明显感到那种距离了。她本来就不是他的。明显在躲他，就因为她在南京所干的，就因为那三个月所干的，为了一个小男人。男女之间的最大悲哀莫过于亲密之后比亲密之前还要陌生，这就好比恨是从爱中滋生的，无聊和疲惫也是。他们偶尔在一楼过道碰面也没话说了，点个头就擦肩而过。他能听见她掏钥匙开门的声音，脆得像在他太阳穴上钻个洞。走廊里有灰味臭味霉味蜘蛛网味。阳光恍恍惚惚，他也恍恍惚惚，从盘龙江边走回来，从公司走回来。回来也无所事事。一直无所事事。还剩一口气，还能喘气，如此而已。如果傍晚不上江边观看蹦迪的跳舞的，他会觉得自己根本没活着，也没哪样希望。除非小罗琴搬走，让他再也见不到她，或者干干脆脆搬上来，管他三七二十一，和他住一起。再或者他们真的去远方，某个远方，比小肌肉跑路之地还远。死是容易的，活着，就算没想法地活着，反而很难。连续两周至少十天，黑启德约了他们去尤物会所泡，泡在酒精和坐台小姐们的劣质香水味和硕大胸脯上。身体的发泄轻而易举，之后一切发青，发灰，像普猛的骨灰盒，像拉回来的臭泥巴。他们一个挨一个呕吐，呕吐。他不快乐，一点快乐也没有。只是重复这些。千篇一律，毫无变化。像猴子或老鼠。女人不是他的，工作不是他的，都不是他的。方休不知道活到这把年纪哪样才是他的。身体还是死亡？或者说，本来就不是他的，是上帝的，上帝早就做好安排，最后都要收走，反抗都是白搭。他忽然对黑启德说要么我不干了，我想，我他妈的想一个人待着。黑启德十分惊讶，瞪着眼珠说，兄弟你没事吧？出哪样事了，我给你做主。方休讨厌这个大胖子训斥他们，讨好他们，可他的确是最讲义气的一个，是的，有福同享有难同当，他兑现了。狗日的。狗日的。跟他比起来他们都是白痴。从黑的掌心也能感到老猴子的粗糙微冷，一种没来由的生理性排斥，一种不言自明的傲慢和厌烦。

连堕落的机会也没有。就是没有。他没这胆量，他只是活在罐头瓶子里，探出脑袋喘气，然后等死。

下午他去江边看那些小孩钓鱼，还有点意思。鱼钩上挂一条小蚯蚓，鱼线上没有鱼漂，他们靠哪样东西感知鱼儿上钩啊。小孩们嘻嘻哈哈，说总有办法钓上来嘛，只要鱼咬钩。问题是，你们没办法晓得鱼咬不咬钩啊。晓得晓得，手感嘛。小孩们三五成群，像钓鱼老手一般蹲在江边石头上，抽着烟，望着江面那根细如发丝的钓线一动不动，像被施了定身法。方休只见他们钓起过一条鱼，一条小马鱼，最多小手指大小，几个孩子高兴得哇哇乱叫。他凑近时发现小马鱼死了，硬了，像一小摊鼻涕。孩子们讨论如何处置它，有人说扔球掉，有人说烤了吃，又有人说这么点小屁肉吃啥呢吃。最后他们将鱼撂在水泥地上，其余的孩子用脚底踱它，踩它，动作麻利凶狠，最终让它变成一条小小的泥巴。方休心惊肉跳，问他们咋要这种干，一个孩子的答案是死掉的东西只能这种干嘛。方休沿上游离开，希望下次不再见到他们。但隔三岔五他们又出现了，像头一回一样兴高采烈。方休再也不想见证一条鱼的结局，于是掉头就走。一个年纪稍大的孩子喊他，叔叔，我们钓着大鱼了。他说，哪里，多大？孩子比画着，让他跟上。他十分好奇，一伙孩子像胡狼一样包抄上来，散在他四周。岸边凹陷处有浑浊的江水，并不见鱼。然而大孩子口气坚定，这么大，他张开两臂，足足半米，他估摸着。应该是鲤鱼或草鱼，不会是江鲫，鲫鱼不会如此之大之肥。他们要在江边点一堆篝火烤了吃？还是拿去菜场卖钱？这些念头刚冒出来就消失了，因为他忽然明白这只是一出恶作剧。孩子们涌上来用脚踹，用手推，以迅雷不及掩耳之势将他搡进并不湍急也不很深的盘龙江。他上下扑腾，喝了几口水，立即稳住自己，游出几十米，从下游上岸。孩子们在上游石桥上哇哇大叫着作鸟兽散，跑得飞快。他湿哒哒爬出来。太阳高悬，但寒风吹得人难以招架，那种针刺刀扎的疼插进骨缝里血液里，像要将他整个拆除。这种感觉在他回到楼下遇见风尘仆仆，似乎仍在搜寻的小罗琴时抵达高潮，他绝望地望着她，小罗琴说你去江里游泳呀？方休没回答。小罗琴说你喜欢穿衣服游泳？他还是没回答。小罗琴说赶紧换下来，我帮你洗。他说谢了，不用。然后转身上楼。那只是一伙孩子，最多八九岁。如果能让他们哈哈大笑一阵，像记住当年麻袋套紧老孙狠踢一样记住，那也值了。几分钟后小罗琴上楼敲他的门。她半个多月没敲他门了。她手里端着一碗姜汤，说趁热喝。他接过去一口一口喝净。小罗琴摸着门框说她打听到小肌肉消息了，在河口。河口？他说，他在河口干哪样？小罗琴没回答。他换好衣服裤子，知道这一回差不多是诀别了。小罗琴果然说，晚上就走，坐夜班车走，K城到河口六个小时。他说我晓得河口，万一他又叫你做鸡呢？小罗琴笑笑说，那就做嘛。他说你要多少钱？她没说话。他从抽屉里掏出全部现钱——最多两千——她接过去，塞进兜里。他又把空碗递给她。之后，两人像从不认识又想竭力认识的陌路人一样小心对视。什么也看不出。熟悉的东西消失了。消失了。小罗琴冲他摆摆手，再见啦，然后转身，啪嗒啪嗒走下楼去。

现在他满脑子都是这些。这些无法拼接完整的碎片，这些让他伤心却又难以讲清楚为何伤心的碎片。保重，有空么，来河口。这也许是她撂下的最后的话了。他不忍心看她慢慢下楼，不忍心听她微微拖沓的脚步声缓慢流逝，于是他果断地轻轻掩上门，在门后站着，等着，但不晓得在等哪样。无尽空虚。无尽空虚。马基王九挖坑的声音持续不断，但总算突破了那些金属块或大石头，突然通畅了，声音轻松响亮，锄头和铲子一次次吃土的吭吭声仿佛引吭高歌。黑启德说你没见金子吗？方休说我晓得你的意思。黑启德说对了，对了，我要讲的就是这个意思。我为兄弟几个多累啊，冒多大风险啊。他说是。黑启德说你认得个屁，方休没有回答。黑启德说挖好了吗？马基说，快了。方休毛骨悚然，忽然明白他们大概想埋掉哪样东西了——如果不是东西是人呢？比如自己，一个大活人。但有哪样理由？为哪样？他就问了这个问题，这个看起来不该问的相当愚蠢的问题。黑启德说我怀念过去啊，兄弟，非常怀念。方休说，我也是。黑启德说我们当年把瘸腿老段的录像厅都包了场，像土匪一样。方休说，是，像土匪一样。然后他不再开口，任由黑启德继续唠叨下去，说昨夜尤物的小姐居然嫌他个子矮粗，他就用三千现钞卷巴卷巴塞她下面。还小吗？现在还小？离开时姑娘含着眼泪把他送到楼下。黑启德说他想念普猛，想念这个狗日的一天到晚只会在烂教室弹琴。想念孙校长，想念赵启航，当然还想念那个穿白衬衫、被打趴在椅子底下的装逼青年。没有好时光了，黑启德说，再也没有了，妈的。他忽然仰天大骂。方休真担心他们将他拖到大坑前活埋了。是他吗？不会，他们是兄弟。那为何在烂泥巴堆里挖个坑？黑启德反身盯着他，目光黝黑闪亮，像洗得精光四射的黑玻璃球。我问过你的，小马哥最后时刻说了哪样？方休摇摇头，说他忘了，全忘了，也没再重新看过。黑启德咧开嘴巴微笑，小马哥说——算逑，你自己看。有时间你就自己看。你不能哪样都来靠我。方休的心被放下又揪起，只好怔怔看着他。有人找过我了，黑说。哪个？方休说。你说哪个？黑说。方休说，女的？黑启德哈哈大笑，说你瞧瞧，还惦记女人啊，我早说了，有兄弟就万事大吉，何消惦记女人！终究要跑的，不管哪个，吃饱喝足都会拍拍屁股跑掉的。方休望着他，望着被黑暗塑型的兄弟，这个变形的胖子，忽然觉得喉头抽搐，四肢僵冷，嘴巴鼻子怎么也喘不上气，似乎已经遭到几个家伙的就地处决。混账在脚边蹲伏，像狼，像马，眼珠子在暗中射出森森绿火。活着总有小辫子，我们的小辫子，我的小辫子，这回还是我的，就像当年的小辫子被老孙攥住一样，早晚也会被攥住的。泥巴，这些烂泥巴。让女人见鬼去。黑启德从他肩膀上挪开热烘烘的手，转身命令混账过来——混账，那条溜号的大黄狗，那条懒惰的宠物，从不履行职责的老家伙，出走二十天居然被他们重新找回的犬类，现在一路慢慢吞吞，像个七老八十的胖子极其傲慢地摇晃到坑前。狗日的，黑启德亲昵地扇它一巴掌，跑，老子让你跑，老子让你不打招呼就跑。是我亏待你还是兄弟们亏待你？每天好吃好喝伺候着还不知足？黑启德挥了挥手，揽住方休，喝令混账及所有人往坑内看去。马基王九一动不动，两眼微闭，两手放在小腹上方，如同祷告，混账也耷拉脑袋，静静瞪着圆坑，恍如先知。现在形似坟墓的坑洞里面汪着薄薄一小层积水，于是印出月亮晶莹的影子。巨大的沉默像黑魆魆的蝙蝠趴在众人之上。方休仔细看，但并不能看清。坑内除了死一般的垃圾臭泥巴脏水之外还有哪样？哪样也没有。到底要看哪样？是例行仪式，帮他驱散被人狠狠俯视的阴霾，或只是黑的恶劣玩笑？片刻之后他莫名颤抖，像被一记长长的叹息笼罩了。黑启德死死搂着他，必能感到他的绝望、惊惧和悔愧，像那伙将他踹下盘龙江的孩子，像那只老猴子伸出的布满茧子的大手。方休忽然想起，阳台上将死的茑萝真的活过来了，叶子泛绿，花瓣泛红了，真是奇迹啊。这让他倍受鼓舞，觉得小罗琴或自己也许会有不错的未来。是吗，未来？他们的未来？他别开头去，直视温柔巨大的圆月。

黑夜之黑

黑夜给了我黑色的眼睛
我却用它
翻白眼

——题记

那么，去找她。把她找回来。把她带走的钱找回来。她说走就走，带着那么多钱说走就走。他想象不出来这么多钱塞进她背包里有多吓人。对，她的黑色小包，他为她买的黑色小包。她是带卡走的，建行卡，也是他的卡。她身上所有东西，尤其婚后的东西都是他买的。去幼儿园接儿子的路上他非常想他，生怕他也消失不见。他们唯一的儿子，三岁多了，就坐在门前等他，乌黑的大眼珠子逼视他一步步靠近，像谴责他迟到了。他们之间隔一条灰白的柏油马路，笔直空阔，如众神之河。心脏怦怦敲着，但是速率渐渐慢了。这个穿蓝色羽绒服的小子就是儿子啊，小圆脸上的表情颇不耐烦，眼睛眯着，使劲看他。他才三岁五个月哩。他过去拽他的小手，有点凉，哪怕天上挂着太阳，没有一丝北风，但下午4点以后的昆明温差很大，比不见太阳的早上还冷，干冷，提醒他是数九寒冬了。昆明的冬天经常出现轻佻的淡蓝色反光，就像镜子藏在水下。空气甜而微苦，如十月的蜂蜜。不远处，浅浅的盘龙江安静流淌，黝黑的鹅卵石相当光滑，但水流湍急的下午你看不见石头，只能瞅见小马鱼穿梭的影子。走吧，他说。儿子让他牵着手，并不叫一声爸爸。他什么也不叫，也不出声。他说，对不起。儿子仰起脸，说王小米呢？他说，走了。走了？儿子说。他说，走了，就是走了，坐着飞机火车，走了。去哪儿了？儿子又说。他说，走了，我说了啊，走了。儿子说，我们，我们去找她吧？他迟缓地答，好吧，去找她。我们去找她。把你妈妈，找回来。

回家途中他不时将儿子举起，举得高高的，似乎在炫耀他，似乎给自己增添信心。进门后蓝色小书包撂在地上，羽绒服也撂在地上，鞋子没脱。儿子就喜欢穿着仿冒的红色小耐克跑来跑去，骑到童车上，跳到滑板车上，但是今天他站在空荡荡的房间一动不动。王小米在哪儿？儿子说。他摇头，说我讲过了嘛，走了，不回来了。儿子又问，去哪里？他不摇头也不说话，再次检查客厅卧室梳妆台衣柜那些原本属于她的东西。毛呢大衣消失了，翡翠手镯消失了，一两千块零钱也消失了。卡，建行卡反正没了。刚刚卖掉房子的一百二十万没了。十天前他以为这笔钱足以挺过寒冬。没有蛛丝马迹，没有任何迹象表明这个当晚趁儿子睡熟后要他使劲操她的女人即将带着一大笔钱消失。她还说，她十分郑重地说她爱他，而且连说两遍。他以为窟窿即将填上，还能剩下不少，他以为足够熬过三五个昆明的冬天，那时候儿子升入小学，他们手挽手踩着满地金黄的银杏叶一起送他接他。没了。什么都没了。像棺材和骨灰。另一种死亡。小一些的沉寂只会被更大的沉寂埋葬，就像一座坟埋葬另一座坟。他被埋葬了。儿子呢，那么小的儿子也要埋葬？他给儿子倒一杯水，儿子喝得很慢，之后用质疑的眼神看他。真受不了。难道是他把她藏起来的？他还小，像小狗小猫一样，却什么都明白了。他在等他回答。他必须非常坚决：去找她嘛，我说了我们一起去找她。她去哪儿了？儿子说。老家，他脱口而出。老家？儿子说，哪里是老家？保山，他说。好，孔孟，我们就去保山，去找王小米，好吗？好，他说，马上去找她。儿子继续追问，她为哪样走？他答不上来。儿子又问，孔孟，王小米为哪样要走？他说你不要问了，你烦不烦，去找就是了。要吗？要不要找她？要。儿子孔方斩钉截铁。好，好，我们走。他说。出门前他知道这趟要跑很远。非常之远。去一个他最不想去的小城，而且肯定找不到她。那也必须去找她，就像知道天亮就死，那也得撑过今夜。如果这么容易找到她，就不是一百二十万的事情了，最多是一次小规模拌嘴吵架、离家出走了。

体育馆高尔夫从前是市足球场，倾圮的地面杂草遍布。他们从8号门进去，偌大的空荡荡的看台衰败腐朽，露出烟黄色的烂牙般的豁口。儿子说，孔孟，来这里干哪样，这是哪样？孔孟站在齐膝草丛中想起初次见王小米的黄昏，灰色弧形围墙上光线刺眼，他途经8号门时被一个女人叫住，问他说，喂，你们体育馆的人都那么丧？他说，哪样？她重复一遍，丧，就是要饭的意思，你们一个个都像要饭的。他笑了，说，除了我怕是没人像要饭的。

女人迎着金色余晖走出来，就像从我的经典小说中走出来。你像，你们都像，她说。他说是啊，我是像个要饭的，我晓得我像个要饭的。女人大约三十出头，翻领白衬衫包裹的身体性感挺拔，一条灰毛呢宽腿裤，下面是半高跟小羊皮棕色长筒靴。他似乎见过她，又似乎没有，记忆出了小偏差，像一辆跑偏的破汽车。女人脸上有明显的皱纹，但白细的皮肤将它掩盖不少。他说，你认得我？她说，认得啊，我见过你。她的昆明话不太标准。她说，我是高尔夫练习场的头儿，你们租金吓死人啦你们租金，你们故意的吗？你们非要为难我们外地人吗？他说你哪里人，她说，你猜。现在他抚摸着儿子温暖的头顶说，王小米让我猜她是哪里的，就像你现在要让我告诉你这地方到底是哪样。孔方抬头看他，又继续看向伟岸如古罗马斗兽场的市体育场内部，从前的著名足球场，后来被改建成高尔夫练习场，现在荒僻如坟场啊，什么也不是了。过去王小米的地盘，什么也不是了。他蹲下，抱抱儿子。巨大的缄默让他听见荒草迎风轻响的声音，像一小段时间嵌入另一段时间，像我的小说正相互嵌入并找到某种立体均衡之感。他说，你咋会认得我就是体育馆的人呢？王小米，一个时髦女人，也就是高尔夫练习场的女老板说，我经常这时候看见你从我门前走过去，像模像样地走过去，但是晚上，你又会踩着路灯皮塌嘴歪地走回来，你好像被人打了，鼻青脸肿，伤得不轻呢，后来才听说你是拳击馆陪练员，专门挨打的。哈哈，挨打是你的职业哟，居然有人专门挨打。女人捂着嘴笑了。他说，是的，我就是个挨打的，就是专门挨打的，没本事像你一样开高尔夫嘛。那么从前，从前你是？从前，他说，搞拳击的，我参加过全运会。哦哦哦，她说，哪个有福气做你女人，走夜路就不害怕啦。你现在又去挨打吗？是，他说，去挨打。她惋惜地瞧着他，就像打量全中国最丧的男人。她说你咋个想的，打坏了哪个负责。他拍拍胸脯说打不坏，而且，而且被打的感觉相当爽。女人惊讶地说是吗？是，他说，骗你我就不姓孔，就不叫孔孟。

孔孟没瞎说，但很难描述皮肉遭到不得要领的侵犯后席卷而来的爽，就像一个人爱上另一个人。可他不知她底细啊。这有什么关系？人和人之间要什么底细？你只是个挨打的。你只是个很丧的挨打的。从前被教练打得鼻青脸肿，现在被客人打得浑身冒汗。孔孟拖着步子重返8号门，她敞亮的办公室透出浓烈的火锅味，他见她举着筷子往锅里涮肉，噗噗响的牛油汤锅红浪翻滚，桌上堆满生鲜。她说你挨完打了？他说，是。她说，你站着干哪样，进来啊。他走进去，见桌上已摆好两副碗筷、两瓶啤酒。那天晚上，儿子，你妈说她专门等我呢。她的确是自己买了火锅底料和肉啦菜啦，洗干净，专门等我呢。她要跟我吃火锅，她说她很久没吃火锅了，她超级想吃火锅。这是她原话。孔方说爸爸我也想吃火锅，孔孟说你还没吃过火锅呢，你这辈子还没吃过火锅呢。孔方说，哪样是火锅？孔孟说，火锅嘛，火锅就是王小米第一次煮给我吃的好东西。孔方说你带我吃火锅嘛。他说没问题，我会带你吃火锅的，相信我。四年前的夜晚就在香浓的火锅味中开始了，王小米说他脸上青了，他说很正常，明天就消。她说你真有意思，你真是有意思。他说我有哪样意思？一个丧得像要饭的，有哪样意思？王小米咯咯笑，说你真的有意思。你叫孔孟？孔孟说，是。哈哈，多有意思啊这名字，她说。名字能有哪样意思。他说，我很饿，我能把你火锅全吃了你信吗？那就是他们的开始，开始于一顿自制火锅，开始于有意思还是没意思，开始于被人赞美的黄昏和晚上。那天的牛油浓香并非这个城市的气味，下水道臭味垃圾味才是，它混合了高尔夫球场和从前足球场的青草味以及一些钱的味道四处散开。晚上有很多慢跑的人，像傻子一样绕着体育场外围跑啊跑，他还记得她故意敞着门要让那些傻子看见他们欢乐地吃着，在给这个城市最小的角落制造一点麻辣味肉香味菜香味，而四处是风，槐树碎裂的剪影像一把把漂亮的碎钱。当天夜里，他们就睡在他体育场后面家属楼那张硬邦邦的棕垫铺的床上。她鼓胀得像粒种子，急于借他厚实的身体生根发芽。后来王小米摸着我的脸，我被揍得有点变形的面包脸说，如果不挨打，你挺帅的呢。儿子，王小米就是这么说的。这是一二十年来我听过的最美妙的话。孔方说，哪样是最美妙的话？他说你会明白的，等你长大，你总会明白。

他们踩着及膝的荒草往里走，小心翼翼踏上业已毁坏，露出黑色塑胶颗粒的跑道，越过一小摊一小摊积水，跺着脚板将粘人的刺球草甩掉，儿子的小手始终被他攥得紧紧的，似乎担心他也会消失。只剩他们了。他和他。三人关系瓦解了，就像铜皮火锅里的牛油一样瓦解。他们重返8号门，穿出阴暗的前廊（有刺鼻尿臭，地上也有一摊摊尿迹），他将昔日王小米的办公室指给孔方看，告诉他当时他的妈就坐在里面，而且一坐四五年，多年来，每天早晨它必然是开着的，而且一直开着，就算她出个门上个厕所也会开着。体育馆从来不进小偷，从来不会，所有蠢贼都晓得这里的人个个能跑能打。孔方呆呆看着那扇朱红色木门，它也快倾圮了，歪了半扇，里面空空荡荡，像缺牙的嘴巴。他不想凑过去细看，没有必要，哪怕其中仍然萦绕着当年浓烈的你就是站在对面13号门也能闻见的火锅牛油味，也不想再看看它了。半年前她就从此撤出，高尔夫球场坐满穷凶极恶的追债者。他四处找钱凑钱，最严重的一次给十个三十年不见的小学同学群发微信借钱，还真有人给他汇来两千块钱，可两千块够做什么呢，塞牙缝也不够。但那时候，也就是王小米生意上还没出问题的时候，他就觉得什么地方不对劲了——客人越来越少，只有几个老熟客还来打球，每次攥紧她的手，将她拉到身边紧贴大肚腩，像一头大棕熊急于吞下一只小鸟。比如朱总，那个光头老家伙干脆将她的手从球杆上抓到裆部。老色鬼啊，软塌塌的老二啊，操，摸上去也许体积很大，手感强烈。他好几次想冲上球道揍他，但王小米说你有本事把钱还了。也就那一次，就那一次他亲历了羞辱，当然也是对她的羞辱，可她不觉得羞辱。只是生意，简简单单的生意。她早过了被这种事情羞辱的年纪，更莫说这些老家伙都太老了，已经让这种磨磨唧唧的事情变得可怜和滑稽。没有别的办法。夜里她经常醒来，点一根烟，将孔孟熏醒。他问她咋不睡觉，她说刚才明明听见有人敲门，你没听见？他说你疯球了，深更半夜的哪个敲门？她说明明有啊，你真没听见？她跳下来，趿拉拖鞋走出去，开门，往外看，往漆黑一团的黑夜之黑里看，夜风呼啸，除了深渊般的黑再无其余。她返回来一间一间屋子搜找，没有，什么也没有。房子也就八十平方米，藏不住任何人。后来发现一只落在地上的塑料袋，被风吹得哗啦哗啦响。她把他晃醒说，不要睡了，你不要睡了，陪我说说话。他说说哪样，半夜三更的你要说哪样？王小米说，随便，随便说点哪样。他翻身起来，叹口气说，你为哪样欠那么多钱？王小米说，你要觉得我拖累你了，我明天就走。他说你不要讲这种话。过了片刻又说，你要是觉得你会拖累我，那就干脆嫁给我。她有点懵，说你再讲一遍？嫁给我，他说。凌晨4点，这种话就像突然宣布明早就去抢银行一样。在男女关系上，没有人比沧桑的女人更敏感的了，王小米说她从保山跑来昆明无非想忘记男人，眼下哪个男人要娶她，她当然也不反对。那个男人两三个月才回来一趟，将化妆品啦小坤包啦仿冒皮草金戒指银项链啦一股脑倒她怀里就又消失了，直到他被抓，她才知道他是一家地下赌场的小老板。那个地方，那个诡秘的地方，远在澜沧江边一条小船上，每月十天，从各地涌来的赌客和大包小包的钞票能把小船压沉。后来警察搜他的家，天花板凿开后像下雨一般噼里啪啦往下掉钱，钱受潮发霉，就快和沤烂的泥巴一样了。她最后一次见他是在看守所，男人说你把我送你那些东西倒卖给某某某，够你做笔生意了。她问男人还有没有三五十万，男人说你贪心哪丫头，我两套房子你拿不走，我那七个如狼似虎的儿子啊。于是王小米变卖家当直奔昆明，东挪西借开了高尔夫练习场。她觉得只有这门生意才值得拼命。高，尔，夫，你听听。小小的高尔夫球像利箭射向天空，转眼消失落地，只是一粒雪白的点，就像梦中闪闪发光的小东西，比如怎么走也走不出的隧道口，比如三只乌鸦死后的眼睛，比如老家的老狗咧着白森森的牙。孔孟说，那天，你为哪样叫住我，跟我说话，还请我吃火锅？王小米说，为哪样，你说为哪样？过了很久，她又说，你鼻青脸肿的样子，很酷。他摇摇头说，不酷，一点也不酷，是这行的钱比别的行当好挣些。是吗？是啊，那些不讲章法、只管胡抡的傻瓜都是软绵绵的二尾子，你一面装出被打得很惨，还一面指点他们如何打得更狠呢，对我们专业人士来说，这种活法很简单。有意思，真有意思，她说。他摸着儿子的脑袋说，孔方啊，以后你要学会拳击，才会选择打和被打。拳击是哪样？孔方说。现在他们站在弧形阴影之下，犹如站在广袤的苍穹之下，像两个彼此无法理解却又格外亲密的人谈论这世上不可思议的奇迹。他们就是这世上最亲密的人啊，再没别的了，没有了，他身上流着他的血。他原以为王小米也会是，现在看来他比打他的傻瓜还傻，就像你非用盐巴造出一座大城。爸爸，我们要去哪儿？孔方说。他说，去找她啊，找王小米。孔方说，王小米呢？孔孟说，我们现在要找的人就是王小米。你不要再提她了行吧？不要再提了，再提就没意思了。孔方使劲揉着眼窝说，再也不提了，再提就没意思了。再也是哪样意思？对，再也，这个词，你看，你马上就学会了，再也的意思就是……孔孟忽然发现自己根本解释不了再也。再也的意思，不就是再也吗？

他们穿过凹坑和泥巴，跨过长长的楼房影子，扎进各种恶臭和香气，走在没完没了、永远延伸着的大街上，从这头走向另一头，从外围回到中心。在一座快坍塌的小花园附近，就在喷水池早就不冒水的某个他也搞不清楚的地点，他给儿子买了一个包子，给自己买了一个馒头，他们坐在水池边上吃着。孔方又问王小米去哪了，孔孟不耐烦地打断他说，不是说了不问了吗？孔方埋下头，盯着脚下一串黑色蚂蚁，它们仿佛在天空中列队，又小又勤快。爸爸你打喷嚏了，孔方说。哦，孔孟说。爸爸我放了个屁。哦。孔孟笑了笑，拍拍儿子的脑袋。父子俩一动不动，宁静如昏睡的临界状态，就像孔方降生之前。那时他们整天趴在阳台上欣赏体育馆斜后方坠落的夕阳，天空亮如血钻，风中有湿漉漉的香气，仿佛全城鲜花不约而同开放了；大肚子王小米每天沿体育馆外面的塑胶跑道慢走两圈，然后汗津津地回来，坐下，等他为她端上一碗紫米饭或排骨汤。那时候她的高尔夫球场仿佛黄金铸造，当你从高处俯瞰，你能瞥见其内部叠加向上的看台以及那种舒缓衰朽的和谐，巨大的帆布丝网拽得紧紧的，防止高尔夫球飞出伤人，你能听见它们呼呼攒射的子弹一样的声音。王小米会说，会拍着肚子里的你说，儿子啊儿子，以后你也学打高尔夫球，打会了才好跟别人谈生意哩。你妈居然想让你学高尔夫，可她自己根本不会高尔夫，她总说，吃猪肉的人没必要养猪嘛。你妈就是这种女人，一个不太想钻研哪样的女人，一个不太在乎别人的女人，一个总想使用男人的女人，一个抱定这世上只有女人或单靠女人是万万不行的女人。王小米就是这种人啊。孔方说，高尔夫，哪样是高尔夫？孔孟说，行啦行啦，你当我没说。我哪样也没说，好吧？

他经常回忆那个黄昏，那个被她认出脸上瘀青的黄昏。她的讥诮、挑逗和热切一目了然，并且被夕阳无限放大，就像满眼闪光的女超人。衬衫也像是特地准备的，雪白刺眼，像大把时间被奢侈地浪费，直到火锅热气腾腾端上来也没把这片雪白抹掉。堪称美味啊，美味后面热气氤氲，那就是幸福的影子吧。后来尝不到了，她再也不做了，白衬衫也没再穿过。她半夜惊醒时嘴里喷出的气息像烂苹果沤在稀泥里，必须靠香烟才能压住。她一再问他到底听没听见敲门声，他说，没有，哪样也没有。王小米抱腿坐着，失眠和恐惧没把她打跑打垮，反而让她牢牢坐着，犹如生铁，因此债主，总有那么两三个债主派来的人手轻易找到她。他们敲门进来，让她还钱。她故作镇静，还给他们泡茶，请他们在旧椅子上坐下，说你们看看，沙发都当了，我儿子还那么小呢，刚开口叫妈呢。再宽限半年嘛。这些人有的凶神恶煞，有的沉默寡言，有人愿意看在孩子分上再饶她三个月，有人说干脆把你儿子卖掉算逑。孔孟打倒一个，两个，第三个就没办法了，三人都练散打出身，一起上来几拳几脚把他撂倒。几次之后他老实了，这跟上拳馆被人揍一顿的性质截然相反。他想报警，王小米说你找死啊，还是我和儿子死了你落个干净？那就搬家，他说。王小米眯着乌黑的眼圈说，往哪搬？你告诉我，往哪般？你就是搬到火星上他们也会找到你。再说，高尔夫还能撑一下，我还想撑一下。实际上还怎么撑呢，空荡荡的场地上连个球童都没了，球杆倒在装备室里腐烂，球被蜘蛛网咬得发脆。她呀，王小米呀，王小米一根筋哪，明明什么人也没有了，她还是每天跑到球场坐着，坐在一把破椅子上等客人上门，凡是能打的电话都打过去，求爷爷告奶奶希望他们帮她一把。问题是火烧眉毛啦，这两年经济不行了，一点也不行了，很多店面关了转了，她凭什么咬定青山不放松？他口气伤感，并不在乎孔方能否理解。街上的人明显少了，物价明显涨了。王小米仍然相信哪怕全昆明的店面都关了还是有人会打高尔夫的，仍然相信无论个人魅力还是私下情谊总会拉来一批回头客的。他们泥菩萨过河啊，还咋个来？王小米就是个傻瓜。他继续说，孔方，王小米就是个昏头昏脑的大傻瓜。真他妈傻透了。

孔方累了，眼里像飞着一群小虫子，随时可以躺下睡觉。孔孟希望他醒着陪他说话。这儿是胜利堂，当年纪念抗战胜利、扛住日军空袭的胜利堂。他想起来了，那是国家的胜利，和几十年后他这个蚂蚁似的男人有哪样关系？他盯着孔方的小脸和困得噘起来的嘴巴，似乎被他追问为哪样还不回家。可他们出发了，无家可归了。他要找到她，却不清楚去哪里找她。好歹，好歹屈指可数的周六傍晚或周日早上，还是有少数年轻人跑来玩一把高尔夫的，王小米客串了老板兼服务生，为区区几十块奔走。又一个周五傍晚，朱总来了，那个大腹便便，把她的手拽他下面的老色鬼，仍穿着帆布鞋宽腿白裤子黑马甲，脖子上的链子没了，手腕上的珠子还在，光头闪闪发亮。他一把拖住王小米说我来十局，王小米说朱总去哪儿潇洒了？朱总说，叫我朱丕。朱丕？哪个丕？曹丕的丕，朱总说，知道曹丕吗？王小米摇头，问他，是上回一起来打球那位？朱丕哈哈大笑，说算是吧。她贴近朱丕，希望他还像从前一样拽她过去揽在怀中，再将手拽向下面，但朱丕干脆在她脸上狠狠亲了一口。王小米吓坏了，满脸绯红地说朱总你——叫我朱丕，对，朱丕。我公司卖了，手头闲了，可以找个项目再干它一票。她说远在天边近在眼前哪，喏，高尔夫。朱丕眯着眼睛思考，说你这里是没人了，你看，今天周末，就我一个。王小米小声说，营销好了还会东山再起，我可以为你打工看场子嘛，你当老板我看家嘛。朱丕说，不好不好，就算你看家，也轮不到你打工，那叫CEO，懂吗？不是打工仔，CEO是打工仔的头，是二老板，懂吗？王小米笑了。之后陷入沉默。长长的沉默。王小米，你妈王小米从老男人朱丕身上看出她从没看出的沉甸甸的东西，一种没着没落的绝望。你妈王小米急了，她一直幻想朱丕伸手帮她，所以你就理解你妈为哪样。虽然看出绝望，还是拖住他一说再说，没完没了，直到天都黑了。但这种事情，这么大的事情，哪是三下两下搞定的呢？他们打球，一轮又一轮，一下又一下。高尔夫球嗖嗖攒射，就算塞紧耳朵也听得清清楚楚，就像小锉刀在他脑袋里来回划拉。直到她打开全部的灯，直到朱丕再也动弹不了。此时孔方忽然问他一辆硕大的像火车头的垃圾车要开去哪里。他说，垃圾场啊，还能是哪里。孔方说，哪里是垃圾场，垃圾场在哪里？垃圾场就是，就是埋垃圾的地方啊。很远，你一辈子也不会去那个鬼地方。我想去，孔方说，我想去垃圾场。我们去垃圾场吧。不去，孔孟摇头，我也晓不得在哪里。我也晓不得啊。他不再说了，极力返回那天深夜。现在我必须好好写它，好好写，绝不敷衍。我说不敷衍的意思是你们将发现王小米出走的动机和秘密也许就在那天，就在她和朱丕打球那天。嗯，你得打起十二分精神。我的小说不会让你失望的，我向上帝保证。嗯，后来他们吃火锅了，王小米主动煮的，就在孔孟直奔拳击馆挨那些无聊拳头的时候，就在他走出来并立即闻见牛油气味的时候，那种绝对忘不掉的气味像鞭子一样抽着他直奔8号门，正好看见妻子王小米往朱丕嘴里塞牛肉。朱丕一面吸溜嘴巴一面招手，小孔！赶早不如赶巧，来来来，火锅。王小米回头说，下班啦？他看着那张胖脸及油亮亮的光头就像一条将死的大马哈鱼，他说我不饿，你们慢吃，转身往家走时才觉得自己是个孬种。他折身返回，她正把鲜香的牛肉下到锅里，锅子闪闪发亮。朱丕继续请他入座，王小米一声不吭。他发现她穿着白衬衫。他凑近她，说你不怕弄脏衣服？王小米说，脏了我自己洗。他坐下来，抓起她的筷子和碗埋头大吃，就像很久没吃饭了，就像真的饿坏了。真他妈的饿坏了。是的，他挨了一顿揍，眼睛都睁不开了，感觉被火辣辣的血糊住，就像扔进火锅一样。一模一样。他的吃相似乎把他们吓着了，两人不发一言。那种沉默和惊惶就像已经做下不该做的丑事。后来，天更黑了，猛然亮起的路灯洒下迷蒙的光，蠓虫蛾子成群结队绕着灯泡砰砰乱舞，孔孟几乎吃光了肉和菜。他打着嗝，问她这一顿，这一顿花了多少钱，王小米说你回家，先回去。他又说，到底花了多少钱？她说你管我花了多少钱。他又问一遍，多少钱？王小米说，一百多。孔孟说，是我挨打挣的钱。王小米一声冷笑。朱丕赶紧说，我晓得兄弟不容易，但是你该为弟妹想想，她更不容易，她一个人，一个女人，支撑这一大摊——孔孟打断他，要么，你吃我两拳试试？朱丕站起来，将硕大的光头探过来，说兄弟，要是揍我让你舒坦你就来吧，我要怕了就不姓朱。孔孟盯着这只像大肿瘤，像铁皮敲出来的圆球的脑袋动弹不得。王小米说，一百多块钱是你挣的，那也是共同财产吧，也有我一半吧，你要么连我一起揍了，就当我还你五十了行吗？孔孟一动不动。除了呼吸，除了刺鼻的牛油味，除了沸腾的汤料泡沫和袅袅升腾的烟雾之外再无动静，就像早年被教练一拳打倒。朱丕落座，火锅噗噗叫着。他想，实际上他什么也没想。除了椅子发出嘎吱声以及他肥硕的屁股撞击椅子的扑哧声，还是噗噗噜噜的沸腾之声。朱丕认真看着他，说要不，她跟我走。王小米说你讲哪样话！朱丕大笑说玩笑玩笑，兄弟你莫介意啊，千万莫介意，这么好个老婆你要珍惜啊。孔孟当天傍晚跌跌撞撞离开，就像喝多了，其实一口酒没喝。回到家里搂着儿子轻声哄他，直到孔方喝干一瓶配方奶才呼呼睡了。

儿子啊儿子，当时我想，我该带着你浪迹天涯。立马就走。一秒也不耽搁。走得远远的，越远越好。孔方说，去垃圾场，我要去垃圾场。孔孟说那里太黑了，黑漆漆一团，而且很臭啊。不去，我们永远不去垃圾场。孔方说，好吧，我们不去垃圾场。孔孟问他包子吃完没有，孔方一声不吭将吃剩的包子皮攥成一团塞他手里。现在水池边来了几只鸽子，几只装模作样的禽类，市政府投放此处后被早早进城的农民工偷得差不多了，他们有时候拿弹弓打，有时候直接一把抓住塞进怀里撒腿就跑。这些狗操的啊，这些杂种。这些饿坏的杂种。他更饿了，好像整天没吃过一顿饱饭。一只小小的馒头只会加剧饥饿。他想找个像模像样的餐馆带儿子大吃一顿，虽然口袋里钱不多了，用完就没有了。上哪儿把王小米找回来，把一个带走巨款的女人找回来？开哪样玩笑。他开始质疑此行的意义。你无法唤醒死人，有时候你连自己都唤不醒，因为你大部分已经死了。那天深夜王小米很晚才回来，头发上衣服上全是火锅味。他相信他们还算清白，如果做那种事情连火锅味也懒得清除，实在说不过去，至少王小米不会那么说不过去。她说，朱丕的话你不要当真，他要做大股东，要投资高尔夫啦。哦，孔孟说，要债的不上门了？只要窟窿堵上，王小米说。她扳着手指算了一笔账，从账面上看，她还掉那些钱、那些利滚利的钱应该没问题，且略有盈余。她还能经营它，还是它的老板。孔孟不太相信这么好的事情送上门来，要么王小米代价惨重，要么姓朱的脑子进屎了。他回身盯着儿子的脸蛋，孔方睡得真香。天使一样的儿子啊。他忽然发现唯一的牵挂无非儿子。老婆，老婆到底算什么？和她对坐吃火锅的日子一去不返了。就是这样。哪个时候？他说。哪样哪个时候？王小米说。这个朱丕，哪个时候帮你？明天。王小米说，带着满脸红晕在他面前走动，明天，全部解决，全全部部彻彻底底一次性解决。孔孟啊孔孟，我有两把刷子吧，你说，我是不是有两把刷子？孔孟看着她，条件呢，他说，当他女人？王小米站停，冷笑道，你有病啊，我是你的女人。孔孟挠挠下巴说，他亲口说的，我咋个晓得你们——你是不是被打傻了？我是你女人，你孔孟的女人。但是那天夜里出状况了（我说过它事关重大），他梦见自己被一伙蒙面人按住暴打，他惊醒了，梦的残余是一记尖利的啸叫，像大鸟或狗发出来的，但更像自己临死的哀号。他浑身冒冷汗。凌晨三点多，她不在。他摸摸空枕头，坐起来。清晨六点，她带着一身寒意和酒气闯进门来，纳头便睡。他瞧着她的背影，但不敢惊动她，连稍稍动弹一下也不敢。现在他说，孔方啊孔方，我相信你妈，我相信她，我愿意相信她。我不相信她，哪个相信她？姓朱的也未必相信她哪。而且我告诉你，我们结婚的时候发过誓，我们站在一个台子上面发誓，说我们老了病了也要在一起。孔方嘴里发出单调的音节，就像一根小管子发出颤音。那时候这小子刚刚生出来，还只是一个能吃能拉的小肉团子哩，此外就什么也不是。他为他耗尽心血，还要求涨薪，否则就不去拳馆挨那些傻逼的揍了。他怀疑脑子被打坏了，经常嗡嗡响，经常被各种噩梦纠缠。那天他不知该对王小米说什么，就像你无法对一匹精疲力竭的马说些什么。他等着。只是等着。终于听见她说，定了。然后她呼呼大睡。他不再盯着她，而是盯着睡熟的儿子，唯一的安慰就只是他周身散发的那股浓烈奶香。然而王小米自他出生就无奶可喂，只能泡奶瓶吃奶粉，而且是不太差的进口奶粉。天亮时他和她互相瞅着，打量着，就像早就厌倦的老夫老妻残忍地直面对方的丑陋裸体。她起来，洗漱，又出门，说要赶到朱丕那里把协议签掉。他没说话。还能说什么呢。高尔夫球场再也回不到足球场了，从前他每次上拳馆训练就听见球场传出吼声叫声，踢球的小子们从这头奔向那头，绿茵场像油画一样漂亮。他带儿子进去。什么也没有。没开门，没有足球，没有客人，像伤口一样晾着的高尔夫球场空空荡荡。什么也没有。白天与夜晚不过一瞬之间，当黄昏降临，他又得走进拳击馆，等候一个即将揍他的陌生男人。

儿子啊儿子，这是我和王小米结婚的饭店啊你看。从胜利堂弧形台阶下来往西一公里就是云南饭店，当年著名的云南饭店，如今只是废墟。他站着，茫然不知所措，似乎有高大的烟尘冲天而起，似乎他们所见只是废墟自身诡异的影子。他握着孔方的手顿觉无力，凉冰冰的。他说当年的云南饭店啊，厚重的大理石门楣，大堂挺括干净，地道的法式风格，坚固精致的细节随处可见。比如门童胸前的十字徽章，比如旋转门上撒花的金色鹅卵石，以及前台像钢铁一般结实的花岗岩面。再往里走，往深处走，左转，可容纳八百人的恺撒厅承办了婚礼，而且价格不贵。真不贵，一桌也就488，他记得很清楚，他们没什么钱，也没多少朋友，东拼西凑18桌。18，挺好的数字。酒店别出心裁，派出一艘巴掌大的小直升机载着他的钻戒飞到新娘面前。啊哈，再穷的人也能办一场不错的婚礼。儿子啊儿子，当时还没有你，我拽着你妈的手蹿上台，主持人说我着急当爹呢，我说我是着急当爹呢。我当着那么多人的面，抱起她来使劲亲了一分钟，我们眼泪汪汪，像两个傻逼。然后把礼金抛在高尔夫球场上，就是这样，去填那个根本填补不上的窟窿。明明可以不填，可以出门旅游，或者添一两样家具。我们都拿去还债了。因为当天夜里啊，当天夜里，当王小米提着婚纱走到家门口，几个催债的已经等着了，抽烟，不声不响，像黑煞神，升腾又冷却的热汗臭烘烘的。我把当天彩礼，其实根本不知道多少钱都递上去，也许两万，我猜。两万，最多三万。他们拿了钱，倒也没为难我们，还客客气气留下三个红包。人一走，我们拆了包，每个一百。破天荒啊，这些人头一次没把他们必须掏空的东西掏空。我实在没钱，我那点钱算哪样钱。我也有偷懒的时候，我也有想买的东西，我不能时时刻刻惦记着把我挨打挣来的全部交出去啊。我们已经很久没上馆子了，最多上街边广东烧腊摊买二两叉烧。很久没吃火锅了。太久了。喏，儿子，这片废墟就是我们的见证人，我和王小米的见证人，曾经性命攸关的好地方哪！可是现在，妈的，你看看，现在。

他像是自言自语，像在噩梦中祈求。孔方拧着小眉毛一声不吭，既不赞同也不愤怒，他什么感觉也没有。废墟就像自我挣扎繁殖的怪胎，丑陋乖戾无趣，支棱在绵延呆板的一幢幢灰楼下面，像一个悔愧的罪人，一个遭到处决的人，一具肢解的尸首。

高尔夫迟迟没有动静，迟迟没有重新红火，也没有更加堕落，偶尔传来击球的呼啸，那是王小米独自站在发球处挥杆发出的声音。他抱着儿子凑近8号门，见偌大的球场里孤单的王小米犹如困兽，或一片叶子、一粒黄沙，动作潇洒，但是没用。本来就没用啊，高尔夫，谁规定了有钱人才玩得起，而且可能促成很多大生意，扯鸡巴蛋。他想不明白。这个女人，自己老婆，这个宁愿独自挥杆也不愿照料儿子的女人还是无法还债，无法重新迎来好局。姓朱的没在合同上签字，第二天就跑路了。她跳着脚诅咒的时候，孔孟并未料到终有一天她让他也落得同样下场，区别在于他似乎没付出更多，而她付出的也许太多了。他怀疑那件事情发生过了，就像她请他吃了一顿火锅。跟生生死死相比，它算什么呢，跟她带走一百二十万扔下三岁的儿子相比又算什么？那天黄昏他没去挨揍，将儿子交给来帮忙的妈，搬了椅子坐在王小米空荡荡的办公室门口，面对8号门瞧着自己的女人，瞧着她玩命挥杆，直到擦着满头大汗再也挥不动了，然后像虚脱的木偶迈着灌了僵直的步子从发球台上下来，来到他面前。汗湿的头发耷拉着，紧身白球衣勾勒出生完孩子先是变形，后来被各种焦虑磨细的腰，摘下皮手套的手泛出冷冷的白。她说，不上班？我还以为来客人了。没有客人了，他说，你这里，不会有客人了。王小米说，呸呸呸，乌鸦嘴，你要闲着没事干就回去带儿子。他说，我妈在家。他看着她，又说，卖掉算了。废话，王小米说，朱总不都出价了？妈的，鬼晓得这些人，这些老混蛋，拍拍屁股就走啊。找别人，孔孟说，再找别的人，我们撑不下去了。王小米一声冷笑，我们？不是我们，是我。我一个人在撑，你撑哪样撑？孔孟低下头，看着塑胶跑道外缘长期缺乏照料的草皮，它们稀稀拉拉，又黄又硬，让他想起梦中的死人。咋个办？他说。凉拌，她说。回家吧，她说。你不回家？他说。我待一会儿，她说。好，他站起来，我给你做饭。她没回答。他走到门口，回头，只见8号门内稀薄的光将她孤零零坐在他坐过的椅子上的影子死死按住，一动不动，像一颗无法把握命运的灰色雨滴。

现在他问孔方，你喜欢王小米？孔方说，喜欢。他说，喜欢我吗？孔方说，喜欢。那么，他郑重其事地蹲在废墟阴影中问他，你到底是喜欢我，还是喜欢她？孔方不假思索，你。他欣慰地抚摸儿子。孔方仰脸说，我们要去哪里？孔孟对这个问题十分茫然，只能勉强给他一个答案：找王小米啊，我们去找王小米。孔方说，是的，我们去找王小米。孔孟说，必须找到王小米。他说这番话时带着深深的自责，他知道接下来无非徒劳。你不可能找到一个抛家弃子的人，一个叛逃者。永远找不到了，也许不用找她会自己回来，但基本没指望了，除非太阳从西边出来，除非人活着不必遭罪。上帝啊，上帝，什么指望也没有了。他只是一个售卖疼痛的人，一个挨打者，一个被各种人打得咬牙切齿并大呼过瘾的中年傻瓜。还能挨多少打？挨不住也得挨，受不了也得受。终归还活着，还能一遍遍教那些更傻的傻瓜如何暴打自己，以便好好活着。那就狠一点。你他妈的再狠一点。

比如老徐，看他长大的老家伙，爹当年的队友，如今只是抱着茶杯守着拳击馆大门的糟老头，酒量都不行了，尿都撒进裤裆里了。每次见他走近就大喝一声，孔孟，你给老子打起精神来。他说好，好，徐老。他当面叫他徐老，背后叫他老徐。之后老徐嬉皮笑脸开玩笑，昨天又上你老婆了？他横他一眼往里走。老徐大声说，小狗日的，你要是上了老婆就挨不住拳头了。他挺一挺胸膛说，挨得住，徐老，你放心。老徐嘿嘿笑，递给他一条白毛巾，说今天这个牛高马大，要遛他，遛狗一样遛他，用碎步，用节奏变化。记着，你小子给老子记着。这让孔孟觉得即将参加一场洲际拳王金腰带决斗。他晃晃脑袋，进去，又折出来，将兜里两颗奶糖放他桌上——有时候是奶糖，有时候是瓜子花生，有时候是二两烧酒，还有时候是一块卤猪肉。老家伙捧着下巴嘿嘿笑，说有媳妇的男人就是不一样了。老徐和他爹老孔当年打遍云南无敌手，后来两人约战，老孔七个回合拿下老徐。也有说法是老徐喝多了，故意输掉比赛。后来老孔老徐退役，没多久老孔身亡，老徐留下看场子。人一辈子记住的事情没几件。老徐老孔之间没多少可讲的，也就是一个拳击队里师兄弟那些鸡毛蒜皮，有一点可以肯定，他们不腻歪也不拆台。但如果老徐没拉孔孟一把，他就不可能体校毕业直接进体育局混饭吃。他又能帮老徐什么？帮这个老光棍、爹的队友什么忙？什么也搭不上手，他才是处处要老徐倚老卖老罩着的小子。他走进去，那个大块头，那个表情很丧，也许死了老婆，也许离婚了失业了的男人，一个四十出头的大家伙，像条大狗一样看他。来啦？他说。对方气焰马上消了七八分，说你就是拳击队下来的陪练啊？他说，是。对方说，我可以随便打你？他说，是，但只有一小时，超时费用翻倍。对方唯唯诺诺，和他的大个头很不般配，就像被老师罚站的小子。我真的可以打你？你，不还手打我？是，也不是，我会做出打你的样子，是为了让你更好地打我。嗯，明白。汉子穿戴齐整，猩红的大手套向他挥来。他不明白这些人，这些看起来鲸鱼一样威猛的大男人怎么打起拳来像没吃饭一样，现在的爷们儿怎么都这样，都皮塌嘴歪，精疲力竭？汉子接连三拳，他迎面而上，没感觉，不疼，也不过瘾。他想被打得狠一点也好，肾上腺素飙升也好，能踩着轻快的步子回家，让他爽一把。是啊，天天演戏，跟这帮废物混账演戏，扮演满场逃窜的小耗子，吱吱惊叫着。其实他们才是傻逼娘娘腔，绕着5×5的拳击台磨磨唧唧，吵不像吵打不像打。虽然大块头每打一拳都发出性高潮般的喊叫，虽然每一拳弹无虚发，落在他肩膀上脑袋上耳朵上肚子上，但就是不过瘾。对一个专业运动员来说，对一个专业挨打者来说，就是他妈的不过瘾。一小时很快溜走，他大声问他，还打？打，对方吼道。双倍的钱，你可以直接给我，直接。大块头说，三倍，三倍我也给。他气喘吁吁，拳头愈发稀软，像温暾水一样。孔孟说你不行了，你已经不行了，要么算了。不行？我哪里不行呢？我操。大块头猛然来劲，说，不行是我老婆经常挂在嘴边的蠢话，果然就把我绿了呀？我操。那就来吧，狠一点！他大吼。大块头说我操，你们，你们这些玩拳击的，都这么，牛逼哄哄？妈的，不信打不垮你。事实上他彻底耗尽了，就像废电池无法再用，每挪一步都喘得不行，像烂醉的牛。白长这么大个儿了，银样镴枪头的蠢货。孔孟猛给他一拳，将他打到网绳上重重弹回。大块头难以置信地瞅他，然后错身，嗷嗷大叫着扑上来，像要一拳砸死他，可仍然像鼻涕一样没力量了。不可能有了，力量也就那么多，被这样那样的悲剧耗尽，被这样那样的女人透支。最恶劣之处还在于我们明明知晓却心存侥幸。大块头的胡抡很快像慢动作一样滑稽。孔孟说行啦，不加钱，走吧。对方差不多双膝跪地，说，要么，你揍我，大哥，你狠狠揍我一台。孔孟说不能揍了，再揍你，就严重犯规，饭碗就保不住啦。大块头说，我不说，我哪样也不说，你只管揍，他妈的，我他妈的，活该被揍一顿。孔孟说，你想好了？大块头使劲点头，说来吧，只管，只管放马过来。孔孟逼近，一记直拳就将他KO在地。他感到某种荒谬，近似一种亵渎，之后是迟缓地向体内丝丝渗透的欣快，就像喝高了。他俯身问他还行吗，大块头说，行。他扶他起来，见他鼻孔正在冒血。孔孟摘掉手套，找了手纸帮他塞紧，带他去卫生间抄着凉水泼脑袋。爽，大块头说，爽。大哥，你这两拳，真他妈爽。孔孟点了一根烟说，不讲出去？大块头咧嘴笑笑，纯洁得像儿子孔方。他发现他牙齿上也沾着血。所幸就给了他两下，要按比赛强度就完蛋了，估计很难走出大门。但走得出走不出有什么区别？臭肉啊，一堆臭肉罢了。道别时对方要给他钱，他拒绝。大块头非给不可，他顺势接过来塞兜里。出门经过老徐，他的心怦怦跳。老徐歪在露出海绵的破沙发上睡了，发出响亮的鼾声。他想把钱塞他怀里，想想又没这么干，最后找出一张五十的塞进抽屉，然后走出去，然后经过黑灯瞎火、再也没人的高尔夫球场。高耸的体育馆形同巨兽，一种坚硬又永久的存在物，挡住月亮和星星，挡住半个夜晚。周围黑漆漆的。黑夜之黑。他想起火锅，香喷喷的牛油味辣椒味扑进鼻子，多美的气味混合体。王小米不在家。她不在。她经常不在家。她总在游说各路人马各路朋友为她重新投资或帮她还债。只有儿子在，儿子奶奶，也就是他的七十老母在。他闻见他们身上散发的亲切温暖的奶香味饭味老年人的淡臭味。妈说你吃了？他说没有，妈说我给你热热。妈佝偻着背，端菜去了厨房。

上哪找她？保山？跑遍昆明？要么放弃吧，不可能找到她了，根本不可能了。我这个写小说的深深知道她绝对跑路了，再不回来了，何况她怎么可能让你轻易找到？你怎么能叫醒一个死人？同理，我又怎么可能跳进小说叫醒一个悲伤的男人？

夜班车晚7点开出，凌晨3点抵达。只有夜班车，除非明早再走，可他们等不了。那就出发吧，迫切的心情让他相信八小时后就能见到王小米，就像她哪也不打算去，只是回一趟娘家。汽车开动后他渐渐冷静，知道此行没有结果。但不是结果的结果终究是个结果。大巴驶离昆明，逼近楚雄，然后大理，然后保山。一路向西。这个三级片的名字用于现在多么贴切。孔方在他怀里睡了，小小的圆脸被零零星星的光划过。他想起童年，想起三岁的时候被小伙伴推下池塘差点淹死，要不是有人及时赶到就没命了。那是体委背后一片刚挖的池塘，几场大雨过后攒下一池子脏水，他和几个小伙伴跑去捉青蛙和蝌蚪。没多久他忽然被推下去。他不知道哪个推了他。也许故意的，也许只是帮他一把，让他离猎物更近些。总之醒来的时候躺在某人怀里。后来他怀疑此人就是老徐，但老徐不认账，说他要是干过，会干干脆脆承认，救人一命胜造七级浮屠嘛。救他的人从没下落。孔孟的爹、拳击高手老孔知道是哪个，可他至死不讲，就好像此人不是恩人，不必记住，又或者，他们有仇，救儿子一命算是两清了。他问过妈，妈说她也不清楚，更何况，她昂起脑袋，佝偻着背，忽然失神地说，更何况，嗯，你问我哪样？她糊涂了，厕所冲过三遍，又拽下水箱绳子，哗啦。现在汽车嗡嗡响，让人恹恹欲睡，可他睡不着，他怕睡着了孔方从怀里掉落，被人偷走，再说真睡不着啊。失眠一个多星期了，自从王小米消失就再也睡不着，喝酒、吃药都不管用。他担心自己死了，无人照管儿子。妈七十了，顶多搭把手。七十岁的老妈说她再不来王小米睡过的地盘，死也死在自家床上。他送妈回去，送回老房子二楼老屋。他走的时候她说，关灯，莫费电。他的手停在开关上。关呀，她说。他噼啪按下去，屋里顿时黑洞洞的。她又来一句，去找她，把钱，找回来。她的声音轻飘飘的，从漆黑的小床上冒出来，就像从地底冒出来。去找。他说，好。离开前他在床头柜上放了两千元，差不多是最后的钱了。次日老徐给他一千，说，拿走拿走。老徐又说，那天大块头是淌着鼻血出这道门的，你揍他了，我操！他说没有，老徐你不要乱讲。老徐说小狗日的，我还认不得你？忍不住了？哪个都会忍不住嘛。我问他咋流鼻血了，他说撞的。撞的，我操，瞎话都不会编啊傻逼。孔孟说，软蛋，也是个软蛋。老徐鼻孔里喷气说，拿着。他掏出一只苹果。他接过去，谢了老徐，一路走一路啃。相当甜，他猜是团结乡的上等货。他心里充满温暖，就像大雪天抱着一只暖手炉，就像曾经奢望的金牌啦奖金啦忽然实现了。可他刚刚失去一切，女人，房子，钱。再过十天必须挪窝，和买家说好了。十天后他和孔方住哪里？妈家里？当年，到底是老徐撂倒爹还是爹撂倒老徐，不重要了，重要的是老徐更像亲爹。面目模糊的亲爹。从小他就希望骑在爹的肩上像骑着一头老虎周游昆明，但从来没有实现，永远不会实现了。爹死得太早。跟眼前的自己和儿子差不多吧，当你刚刚明白爹的意义，爹消失了，再也没有了。清晨五点，大巴穿出大理，逼近保山，扑面的山岭像奔走的猎豹，在清澈的天空下展现它亘古不变的内在，就像河水和盐巴。甘冽的空气打磨着它，仿佛萃取某种真实，展现某种慷慨。他忽然觉得，王小米就在保山，就在她老家待着，哪儿也没去，整天吃了睡睡了吃。顿顿是最好的。嗯，就在那里。她就在那里。

任何城市都像同一座城市，保山和昆明也像孪生的，但更小，更拘谨，有种未被摧毁的傻里傻气。孔方醒了又睡了，下车后叫喊着拉屎，孔孟就近找棵树，扒掉他裤子。孔方使劲攥住他的手，问他这是哪里，他说是王小米的家啊。孔方说，王小米在哪里？他说在她该在的家里，这就是生她养她的保山啦。孔方说，王小米不要你了，是吧？是的，他承认说，王小米不要我了，也不要你了。哈哈，孔方笑了，她不要你了，也不要我了，那么，她要哪样呢？孔孟被他的问题吓住了。对啊，她要哪样呢？转念就想起来，她要钱。他说，她要钱。孔方撇嘴说，为哪样？他被难住了，只好回答，她喜欢钱。她喜欢钱，孔方重复说。你喜欢钱吗？喜欢，他说。那么，孔方眨眨眼说，我也喜欢钱。没人不喜欢钱，孔孟说，我们都喜欢钱。孔方说，为哪样呢，孔孟？为哪样我们都喜欢钱呢？他再也答不上来，瞪着儿子有些苍白的小脸说，拉完没有，屎拉完没有？拉完我们上路啦。

大街空荡荡的，高高的路灯顶部是一朵硕大的白玉兰，像延绵的花树；两侧是葳蕤的小叶榕，炎热的空气绕着树干嘶嘶作响；街边行人和狗慢慢悠悠，仿佛还在做梦。他只在昆明最古老的街区，比如翠湖周边才会发现类似表情。后来催债的杂种半夜杀到，干脆有礼貌地敲门，或爬到封闭阳台外面，紧贴玻璃，直僵僵站着一动不动。顺着下水道管子攀上四楼简直是玩命啊。王小米吓坏了，说你们下来，下来。两张压在窗户玻璃上的变形扭曲的脸毫无反应，她只好拽开窗户说，你们进来，进来，掉下去哪个负责哦。他们顺势跳入，把孔孟身上的零钱买菜钱全部拿走，顺便捎走一两样值钱东西。久而久之，家里就不剩多少值钱东西了，除了儿子。一旦意识到儿子也很危险，他就不寒而栗，赶紧把妈找来帮忙看着，不上班的白天他寸步不离，晚上必须搂着睡觉。后来那些人连电饭煲、热水器也不放过。他们不声不响，不再喊打喊杀，不再把孔孟撂趴下。孔孟央求王小米搬家，王小米说就快到头了，快了，再咬咬牙就过去了。咋个咬牙？咋个过去？孔孟大声说，没钱，牙齿咬碎了有屁用。王小米非常肯定地说，某某要帮忙了，某某对高尔夫有兴趣。快了，马上。希望啊，总要充满希望。你咋能不充满希望呢？孔孟面对空荡荡的家，说，去他妈的希望，我们就快卖血卖房了。大约有两三周孔孟带上儿子搬去妈那边，王小米来电话说，你就是这么对你老婆的？就是这么嫌弃她不管她的？他说家都空啦，王小米啊，你看看这个家。她说你回来，你先回来。我保证，家还是个家。他带着孔方回去了，家里变魔术一般又出现了被顺手牵羊的瓶瓶罐罐。她说总有办法嘛，总有各种各样的办法。所以你要充满希望。后来他发现那些东西是新买的旧货，她哪来的钱？她不回答，说你不要遇着困难就逃跑。他说不是我逃跑，是你欠钱太多，我们一辈子都陷进去了。为表达歉意，王小米包下一个月家务，他和她和孔方的关系又渐渐从冰点复苏。周末他说要不来一顿火锅嘛，王小米沉默片刻，说她再也不做火锅了，朱丕跑路了，那顿火锅是她人生中最后一顿火锅。他不再说话。是的，你让他说什么呢，你让这种女人的男人还说什么呢。但在黄昏，在家里，只要偷看几眼被失眠折磨得憔悴仓皇的王小米，他就像被教练狠揍一样难过，巴不得她和她的高尔夫球场被大风吹跑，吹到天上，吹到非洲，吹到月球，吹进宇宙黑洞。那就好啦。那就省心啦。可她无路可逃，他也没有。她成了他的牢笼。他掏心掏肺也得不着她半句好话，哪怕搭上性命她也觉得应当应分吧，这事她抱定了，死死抱定了。她热爱高尔夫，也许她只爱高尔夫。他一次次回忆她独自坐在8号门巨大阴影中的模样，像被压扁的小纸人。她孤零零一个人，原本就不属于这里，只是误打误撞从遥远的云南边地小城跑来谋生。要是没碰上他，没和他结婚成家，事情是否会变得容易？那就可以放开手脚和各路人马试试这个或那个了，总会有人帮她，总会有这样那样的男人帮她。那么，很大程度上结局是他造成的，他，一个半吊子拳击运动员，一个挨打的，一个不再年轻也没什么钱的职业挨打的。是啊，当初不是她主动约的他吗？不是她做好了火锅等他吗？不是她同意嫁给他的吗？她哪知道高尔夫说不行就不行？没用，只有希望相当于什么也没有。她不走，也走不了。他呢，除了挨打再也没别的路子可走。唯一指望还是王小米本人。她早出晚归，有时干脆彻夜不回。他猜她躺在姓朱的床上，但姓朱的什么忙也没帮。就这么耗着。她耗不起，朱丕不管这些啊，这个杂种，这个无耻的有几个臭钱的杂种。每次去往拳击馆都有赴死的悲壮。他倒真希望被人一拳撂倒、揍死，那就一了百了。但哪有这种人，哪有这么厉害的男人，除了现役拳手，你打着灯笼也无法在这个娘娘腔的世界找到如狼似虎的爷们儿啦。这些人，连拳头都攥不住的傻帽，移动和节奏更无从谈起的二尾子，总以为掏出几张钞票就能在打人这件事情上找到尊严。打，往他脸上打，不得要领。要领还得他去教他，教他如何揍他，如何出拳，更有力地出拳，你得学会使用全身力量，蜷身，收紧，再打出去。老徐偶尔在无人光顾的夜晚探进脑袋说，我们练练？嗯，练练。老徐进来，戴上行头，到底是功底扎实的老江湖，除了体能和爆发力下降，技战术没得说，揍他时那叫一个稳准狠，打得他摇摇晃晃，好几次顺势倒下享受片刻的宁静。像突然死了，像被抽空。能听见宇宙黑子像雨一样飞溅的噼啪响声，无限宁静又无限畅快，周围漆黑空寂，除了自己的呼吸没有一丝杂质。原来挨打真他妈会上瘾哪。会的。当然会。不信你试试看。只有老徐的暴揍才让他心服口服。左勾拳，右直拳，再来右勾拳、组合拳。倒地后老徐的聒噪刺透黑色的海，扎进耳朵，起来，起来，你给老子起来。他不起来，睁眼问他说，当年你和我爹究竟有没有分出高下？老徐说，不分高下还叫拳击？不分高下是高尔夫嘛。他问他到底爹厉害，还是他厉害，老徐说，你爹，你爹厉害，老孔的直拳狠啊，你挨一拳就废了，就可以躺下来看星星了。他们又打了几个回合，老徐越来越慢，越来越乏力，之后，他们真的坐在门前仰望星斗——昆明的星群遥远模糊，再不是他记忆中的清澈和透亮了，再也没有被融化被抹掉的冲动。云彩来得很突然，不到十分钟就乌云翻卷，再过片刻又云淡风轻了。

老徐说，那场大战就在改扩建之前的老馆拳台上开打，战至第七回合分出胜负。重要的不是哪个撂倒哪个，重要的是两大高手终于过招了。第六回合老徐还勉强占优，第七回合，老孔突然两记重拳得手，台下几十人的嗷嗷尖叫你就是站在十里开外也能听见。老孔脱了拳套，拽起老徐，后者不顾冒血的脸拥抱老孔。他们的风度、骄傲让在场者觉得自己渺小得不值一提。人人都说老孔真不是吹的，老徐也不是吹的，这场大战没有输家。可惜啊，多他妈可惜。老徐说，不到一年你爹突然走了……我真心佩服，他的直拳是憋足劲打的，是从脚底板运气蹬地才打出来的，他能上全运会的，为哪样就不派他？不信你瞧我眉毛，喏，看见这道疤了？你爹留的。你爹专门给我留的。夜色昏暗，孔孟只隐约摸出一条肉棱。那晚之后，老孔老徐半年不再碰面。那晚孔孟才三岁吧，跟眼前的孔方差不多大，哪里晓得爹已经是火遍昆明的传奇英雄了。

父子俩在保山老城转悠，寻找他来过一次的某个老小区。太老了，像一打破鞋盒。他攥紧孔方的小手往里走，越深入灯光越暗，越看不清房子破成什么样了，但能闻见臭味，一种腐败的酸臭加排泄物的污臭像脏水一样黏住身体和头发。孔方抬头说，你怕吗？孔孟说，怕哪样？孔方说，真黑。孔孟说，是的，真黑。孔方说，为哪样这么黑呀？他说，因为黑夜的黑就是这么黑。孔方说，王小米在这里面？在黑里面？孔孟说，不一定。孔方把头抬得很高，说你看，飞机，大飞机。他抬头看去，果然，一架闪着细光的大客机从深不见底的黑夜中缓慢掠过。孔方说，飞到哪里呀？孔孟说，不知道。也许，北京。孔方说，去北京的大飞机呀？孔孟说，是的，去北京的大飞机。孔方说，王小米在飞机上？孔孟说，是，有可能，王小米就在飞机上，低头就看见你了。孔方说，那么黑的地方啊，她咋个看得见。孔孟没说话，低头深一脚浅一脚往里走。路边出现一个灯光刺眼的米线摊，浓烈的香味让孔方大喊，我饿了。孔孟这才意识到，他们已很久没吃东西，只喝过大巴派发的矿泉水。他忽然觉得对不住孔方，非常对不住他，虽然一路上他呼呼大睡，虽然他也许梦见了王小米。他们上前坐下，让老板来两碗米线。保山米线和昆明米线不是一个路数，它又细又软，口味偏辣。他们稀里哗啦吃完，抹抹嘴巴上路。一座阴沉沉的小区大门渐渐从黑暗深处浮出来，四年前，他就是在一项简单的仪式中踏入此门走进一楼王小米的家。就是这所空阔的散发着植物霉味的小院落见证了一个礼金男人娶走了一个保山女人，很多人围桌而坐，即将大吃三天；礼金给得很少，最多一百，通常五十，甚至三十、二十，一大家子三姑六婆都可以跑来吃个够了。他找到那扇门，虚掩的门，用力敲了五下。应门的是王小米的妈，他看不清她，但立即闻到她嘴里的酸味。她惊讶地打开门，让他往院里走了几步，问他咋个跑来啦。他问她，小米在家？女人说，不有嘛。不和你在昆明？听起来不像撒谎。他承认说，王小米跑路了，带着他卖房子的巨款，跑路了。天爷！拢共多少？一百二十万。当确定孔孟不是开玩笑，也没心情跑那么老远来开玩笑，女人猛然蹲下，蹲在黑沉沉的院子里扯开嗓子号啕大哭，说咋个搞到这种地步啊，咋个搞的啊。孔方吓得钻他怀里。孔孟说如果她回来，麻烦你让她把钱还我。一半也行。那么，我们走了。丈母娘止住哭，起身打量她的外孙，还没吃？他说吃了，米线。丈母娘说，孔方，孔方你过来，奶奶看看你。但是孔方死死抱着孔孟的大腿。丈母娘只好凑近了眯眼瞧他，伸手摸他小脸。孔方躲开了。女人一声长叹，说，你到家门口了还吃米线？他没吭声。丈母娘说，你身上给还有钱？他听不太懂保山话，直到她重复三遍才赶紧说，有，还有一点，够回家。那么，丈母娘说，回去咋整？哪样咋整？他反问。丈母娘说，我在问你。孔孟说，我也晓不得。丈母娘说，要么，你把孔方留我这里，我帮你带。他吓一大跳，就像她忽然从暗处掏出一把刀子。不用不用，我能带。他说，没得事么，我走了。孔方探出脑袋偷偷打量，孔孟让他喊一声外婆。孔方喊得非常勉强。丈母娘说错了错了，是奶奶，说好不分娶嫁的嘛，都叫奶奶。孔孟只好让孔方叫了声奶奶。最后他站在院门口再次问她，王小米真没回来？没有，没有，天爷，丈母娘大声辩解说，她要是回来天打五雷轰，我还敢骗你？他望向深处，望向那些模模糊糊的深黑的影子，似乎看见王小米就抱着两手偷笑呢。他抄起儿子转身就走。丈母娘说你不留一晚？我给你收拾床。他说不了，我们坐夜班车，回昆明。是了，是了，丈母娘说，屋头也脏，怕你住不下。他空着手来，空着手走，倒也免了许多麻烦。丈母娘没把他们送出大门，只在黑暗中轻描淡写挥了挥手，但也许是幻觉，她连挥手这个简单动作也取消了。大铁门哐当合上，一切归于寂静。他站在异乡的黑暗巷道中不知往哪走，心中诅咒自己贸然跑这么老远寻找一个无法寻找的女人，一个亲近又遥远的女人，自己老婆，儿子的母亲，像暴徒一样把他毁了。他们深一脚浅一脚往外走，蹚过一遍的水泥小道仍磕磕绊绊，就像所有的异乡歧途。无人追出来给他们一点额外的亮光，就像王小米连给儿子买条小裤衩的钱也没留下。他们回到米线摊，老板娘说，再来一碗？他问儿子，还想吃吗？孔方摇摇头。孔孟说，你累吗？孔方还是摇摇头。然后他忽然看见对面那座山了，似近非近，说远不远，如沉睡的巨象，点点灯火勾勒出它浑厚神秘的背，就像复制大地本身，让一切进去，藏起来，如同消失的王小米本人。他问老板娘那是什么山，老板娘笑了，说天爷，你咋个连太宝山都晓不得，这是保山最高最大最有名的山啊。

他挠头回忆那场婚礼前后是否有人提及此山，自己和王小米是否爬上去过。没有。肯定没有。就像眼下凭空长出来的。不过，山和山不都一样吗？难道还能不一样吗？他问老板娘真是保山最著名的山？当然，太宝山哟，最著名的，老板娘说，你们上山看嘛，有个儿童乐园，你可以带着你儿子上去嘛。现在太晚了，关门了，你们明天去。明天早上直接爬到上面。出了巷子，孔孟果断决定上山，反正看起来不算远。他拦下一辆出租，瘦黑的司机说上山怕是不行咯，你想看么，就开一半，看两眼就下来。他们上到山腰，到处是山的气味，也就是混杂参天大树和茂密草丛的清新闷香，以及雨后盛开般小蘑菇的清爽气息，就像梦幻秘境。他让司机等着，他和儿子马上回来。司机说你还带着娃娃，山上又没灯，你搞哪样名堂？他问孔方要不要上去。孔方说，上去。很黑，他说，你怕吗？孔方说，孔孟啊，有你在，我不害怕。孔孟说，就是嘛，有我在，哪样也不怕。孔方说，有老虎吗？孔孟说，没有，没有老虎。就算有，我也会咬死它。老虎最怕爸爸。是的，孔方说，老虎最怕爸爸。司机大声说，你们要交点订金，不然我就走咯。好吧，他给了司机二十。司机勉强同意了。他们顺着青石板山路上去，四周很黑，幸而山下的灯光刚能照亮脚下。青石板湿滑透亮，像打过蜡，干净的空气让人兴奋，让他觉得当年娶亲竟然没造访过它实在不可思议。他们在一扇低矮的铁门前停步，那里，就在园子中间，耸立着仿佛舞台上或幼儿园才有的东西，旋转木马啦，小轨道啦，圆形小火车啦，以及很高的摩天轮。保山居然有摩天轮。它在暗夜中凝固，呈现出一个巨大的圆，看起来像戳在天空的图章。松树前后铺开，碎光像很小的箭从松林里射出，飘在深邃的夜幕之上，像一群孤独的眼睛、一群孤独的孩子。对，孩子。他攥紧孔方冒汗的小手，问他说，冷吗？孔方摇头，说，不冷，有老虎吗？他说，不怕，老虎来了也不怕。他俯身亲吻儿子被夜风刮得冰冷的小脸，问他说，我们进去？孔方使劲点头。于是他翻越栏杆进到里面，再把儿子抱过来。他们跑到木马、小火车和摩天轮上嬉戏，吼叫，直到他觉得和这些呆头呆脑、不会动弹的玩意儿再玩下去实在没意思了才停下。他很快找到控制小屋的电闸，合上，小灯一团团一簇簇猛然亮起，木马们嗖嗖转起来，细碎的灯光像一群萤火虫绕着暗夜和森林飞舞，孔方咯咯咯的清脆笑声在空气中绽开。他两耳发麻，双眼发花，大脑因吸氧过度而阵阵晕眩。儿子跨上一头金色老虎，转啊，起伏啊，嘀嘀嗒嗒的音乐围绕着他们，直到他觉得已经太晚，不得不命令他下来，该下山了。孔方对他的命令置若罔闻，他连续叫了十来声，只好轻轻拉下电闸。一切戛然而止，陷入长长长长的喧嚣之后的岑寂。黑暗中，传来旋转木马咯吱咯吱的轻响，似乎马儿累了，轻轻跺脚，打着喷嚏。孔方说，怎么啦？孔孟说，行啦，行啦。孔方想了半天才说，王小米呢？孔孟说，没有，没有王小米。孔方大声说，王小米呢？他无法回答。孔方继续大喊，王小米呢，王小米呢，王小米呢，王小米呢，王小米呢，王小米呢，王小米呢，王小米呢，王小米呢，王小米呢，王小米呢，王小米呢，王小米呢，王小米呢？孔孟，我问你王小米呢？孔方稚嫩尖细的嗓音在幽暗中久久震荡，像山上树木倒下来狠狠揍他，抽打他，一下又一下。耳朵麻了，疼了，被他的嗓音割破，捣烂，让他也想大喊大叫，让漫山遍野的黑暗都听见。可他没喊。儿子的声音已经被山坳里的黑暗一口一口吞了。儿子不叫了，停下来，呼呼喘着，问他，爸爸，我们去哪儿？孔孟说，走吧，儿子，走吧。孔方说，好，我们走。孔孟摸黑抱起他来，能感到儿子滚烫颈窝里湿漉漉的细汗和一层层散射的奶香。儿子似乎哭了，又似乎没有。太黑了，他什么也确定不了，唯一能做的只是抱着他，紧紧抱着，一步一步往下走。远远看见那个收过订金的司机和他的车仍在山腰，他招招手，对方毫无反应。关于老孔和老徐的巅峰对决他问过妈，妈说她哪记得这些，有一点可以肯定，老孔当年是昆明拳王，这一点永远不用怀疑。是的，他就是昆明拳王的儿子，所以从小练拳，可惜全运会都没打过，一上场就脑子发蒙，两腿发软，勉强应付三五个回合就败下阵来。不，他不是拳击的料，跟爹差太远了。他早已料到自己的命最多像老徐，退役后谋个饭碗混吃等死吧。人活着无非等死，像老徐一样死守着拳击馆没什么不好，非常好，还可以听着花灯，喝着小酒，一人吃饱全家不饿。老徐没有女人，也没有儿子。老徐说过，高尔夫球场早晚要垮，不行的东西非要干，那就等死嘛。他说你爹要是活着，咋可能让你娶一个保山女人？你看看你爹娶的女人，你妈，好歹军区体委副主任的千金啊。你看你爹脑子被打一辈子，还是好使。爹死得很突然，被一辆北京吉普撞飞。那天夜里他跑去火车站接拳王阿里。拳王穆罕默德·阿里！天知道哪来消息说阿里经昆明去丽江。老孔从早8点守到深夜最后一班上海来的T78进站也没见拳王的影子。次日早上，老孔过街买油条。砰。孔孟不敢相信爹的死就这么简单。妈说，就这么简单，过街，过了无数次的街，去那边吃碗米线买根油条，一辆北京吉普……你才三岁，还认不得哪样是死，还记不住哪个是爹，还不晓得人人都有个爹。等你晓得，你已经不觉得非得有个爹了。某天晚上，孔孟带着丝丝钝痛买了酒和花生米陪老徐坐着，眼前反复出现老孔，也就是爹走上体育馆路的清晨。砰。像今晚的重拳。砰。牛哄哄的拳王阿里怎么可能跑来昆明呢？他怎么会相信拳王阿里要来昆明？今晚，一个精瘦小子的拳头还算有劲，他故意吃他几拳，回想8号门内的王小米眼圈乌黑，像凋零的水仙一动不动。他担心她要是起身走到体育馆路口，也会被汽车来那么一下。砰。他说徐老啊，我爹天天泡在拳击馆？是，老徐说，你爹是个训练狂，是个疯子，是个……他忽然说不下去了。

孔孟说，我咋觉得，你像我亲爹。我是你亲爹？乱讲，呸呸呸！老徐大声说，我见你妈必须鞠躬叫嫂子呢。孔孟瞪着空空荡荡、车少人少的体育馆路，瞪着模糊虚幻的影子，瞪着一棵棵直立不动的梧桐树，说，徐老，你的意思是，人要是爱上哪样东西，必然丢掉哪样东西？老徐摇摇头，说你小狗日的讲得深了，老子听球不懂。孔孟说，你就让我叫你一声爹吧。老徐沉默。长长长长的沉默，只剩夕阳拖着疲惫的步子缓慢移动。孔孟说，爹。老徐张了张嘴巴，抬起一只手，捂住眼睛。

狗日的朱丕拍拍屁股走了。狗日的就留下一串甜得发腻的檀香木佛珠，就撂在她摆放火锅的写字台上。他问她，咋办？她不说话。他又问，走？她还是不说话。他继续问，到底咋办？她抬起头，目光空得像高尔夫球场。要债的周六就来，她说，我也没办法了。她低头盯着脚尖，黑牛皮高跟鞋擦得雪亮。你有办法？她说。孔孟笑了，我有啊，我有办法。王小米说哪样办法？孔孟说，把我卖给人贩子，操一堆儿子出来，拯救地球。王小米说你有病啊，你有毛病，孔孟，我嫁你四年了！孔孟说，快四年半啦。王小米说你记得啊，你他妈还记得啊。孔孟说你骂人？王小米操起佛珠摔到墙上。砰。一颗珠子差点崩了他眼睛。他低下头，那颗褐色小东西溜到高跟鞋底蹦跳翻滚，忽然无影无踪了。周围很安静，他听见门外的跑步声、喘息声，像垂死的牲口。两人站着，不说一句话。最后，王小米说，只有一个办法。他扭头看着她。唯一的办法，她又说。孔孟没吭声，像黑夜之黑里躲在深处、隐约可闻、不近不远的巨大的东西，大象，或者老虎。就像头一次经过他早就习惯了忽视了的8号门，被这个身材姣好的女人拖住一样，就像她煮好火锅邀请他坐下一样。他没有想法，对这个世界、这些事情、这些必然经历的事情丧失了判断，就像他比儿子更早返回了出生之前的混沌漆黑。房子是体委特意照顾的三居室，是20世纪90年代的老小区，昆明最早的小区之一，墙面不再是马牙石镶嵌的灰不溜秋的冷灰，而统一使用了淡黄色墙漆，远远望去就像回到上个世纪初，那种你只能在金碧路一带可见的老昆明法式洋房的温暖金黄，就像夕阳一直趴在上面。于是他努力向家的方向望去，但8号门廊廓极高，除了黑夜，什么也看不见。王小米不再说话，似乎专等他回答。他还是无法出声，时间和空气像钢筋混凝土一样胶着。算逑，大不了我一个人扛，王小米说，要坐牢要枪毙，我一个人。孔孟开口说话了，这些词仿佛从身体深处往外冒。不要讲这种话，不要讲，还没到那一步。没到哪一步？王小米说，讨债的又要来了，就要住你的吃你的喝你的了，就要剁手剁脚了，马上的事情了，眨眨眼就来了。以前没有儿子，老娘抬抬腿也就走了，但我没走，我是你女人啊，你孔孟的女人，而且有个儿子，我是儿子的亲妈。儿子，我们儿子——她讲不下去了。他说你不要这样。他停下，又说，房子嘛，是住人的。住人，住哪样人，王小米说，人就要完蛋了。大不了我就给他们砍条胳膊下条腿，一人做事一人当。孔孟瞅着她，她也瞅着他。人人要死，死了人的房子算什么房子，孔孟说，卖吧，你是我老婆。王小米说，不行。她说，不行，你当我没说。朱丕回来了我再去找找他。行啦，他说，行啦，先搬我妈那边，以后有机会再——实际上没有机会了，他非常清楚，非常非常清楚。他今年四十了。

机会是给年轻人的，孔孟除了挨打干不了别的，也不会干点别的。老徐的今天就是他的明天，但有哪样关系？终归是路，终归活着。除非当年爱拳击爱得发疯，像爹一样，最终呢？最终甚至没听见儿子叫一声爹。被儿子狠狠叫一声爹，哪怕天塌下来也值啊。爹。爹。爹。要命的是无论有爹没爹，必须一个人扛着，哪怕被一拳打垮，过不了今夜，还得扛着，哪怕立马断气，也要睁着眼睛答一声，哎，儿子啊，儿子。晚上他让小子（典型90后）狠揍自己，不要手软。小子拳头够硬，好几次揍得他眼冒金星，耳朵嗡嗡叫，尖锐的疼痛让他头一次觉得老了，还不如一只沙袋了。老徐备了苞谷酒，猪头肉摊在塑料袋子里。他坐下，不想吃东西，也不想喝一口酒。脸上肩上脑袋上火辣辣的。90后小子背个双肩包出来，躬身向他道别。他看见了自己年轻的模样，或者，二十年后的儿子。二十年后的孔孟也就是个撒完尿，裤洞也系不上的老家伙，浑身发臭，摇摇欲坠，腰弯背驼，也许，二十年后已经没有孔孟了。这个世上，已经没有一个人叫孔孟了。小子大步流星而去，他忽然泪流满面。老徐说，咦，咋个了？他低下头，眼泪砸在地上。体育馆路的街灯刚刚亮起，柔软的灯光雨一般洒下来。老徐说你讲嘛，你讲，出哪样事了嘛。他没法说话，陷入深深的难以言说的悲伤，仿佛自己将死，仿佛孔方即将离开，仿佛王小米不再是自己的女人了。他擦掉眼泪，直视体育馆，这个装下高尔夫球场的一切被切割被改变的大东西，这个陪他长大又翻新的家，一个似乎永远会存在下去的庞然大物，早就面目全非了。来，干酒。老徐说。他只好喝酒，让热辣辣的液体顺着嗓子直刺空荡荡的胃。然后不再喝也不再吃，只是坐着。老徐埋头喝酒，不久也放下酒杯。城市正披着一层厚厚的金衣走进昏暗，在探询价值、意义并忍受那些车马人声和没来由的但已渐渐低沉微弱的聒噪的同时，什么也无法确定。这是一天中最好的时光，也是天黑之前最美的时光，距离纯粹的黑只有非常短的一小段，也许五分钟，也许更短，三分钟，两分钟，一分钟，半分钟，天地随即湮灭。捡垃圾的乞丐忽然出现在体育馆路口，一个接一个翻检垃圾桶，背上背着一只沉甸甸的漆黑的蛇皮口袋。老四，老徐说，老四又他妈出动了。孔孟盯着这团黑色的影子，老四，他知道是老四，每天捡垃圾的老四。当年老四是跳高运动员——你能想象吗，笔挺的身材像橘皮一样皱缩了。当年老四拿过全市冠军，全省比赛也名列前茅，如果好好练就没有朱建华什么事了，但他天天喝酒，后来迷上麻将，再后来被体委开除。谁也说不清楚他什么时候捡垃圾的，每天返回体委大院翻检垃圾桶，唯一忠实的伙伴就是背上的蛇皮口袋。狗日的老四，狗日的疯了才当了叫花子，老徐眯着眼睛说，这个鸡巴世道，人要发疯是分分钟的事情，分分钟。孔孟问老徐他咋个疯的，老徐说有人讲他姑娘死了，有人讲他死了老婆又死了姑娘，又有人讲是全家老小一年之间全部死光光了，就剩他一个。就剩一个了。不发疯简直过不下去嘛。不捡垃圾，咋整。他们瞧着老四从这只垃圾桶走向另一只，忽然回头冲他们做个鬼脸，朝地上狠啐一口。老四！老徐大喊，过来，喝酒。但疯子老四并未听见，也许距离太远了，也许他已经忘了自己叫老四。他拖着一袋子垃圾摇摇晃晃地在暮色中消失。孔孟说，我回家了。我疼。回去吧，老徐说，你儿子想你了。他站起来。老徐又说，回家拿冰敷一下。孔孟说没有冰，冰箱都卖了，五百块。狗日的，老徐骂道，你过的哪样日子。他忽然朝老徐伸出手。老徐犹豫了一下，只好伸出手来。两只都练拳击的手内部光滑，外面粗糙，布满疙疙瘩瘩的老茧和死皮，他们紧握时彼此都能感觉到，但两手热乎乎的，全无年龄的差异。老徐用了用力，攥了一把，然后松开。孔孟转身就走，回到家时，王小米带来看房子的买家，一个獐头鼠目的老男人已经在椅子上坐了很久。

现在下山的路虽不平坦，也不算难走，没有荆棘和泥沙。山下有灯光闪烁，仿佛告诉他王小米的地盘才是她一生的奥秘所在，然而这些秘密很难窥破，就像周遭的黑暗也很难窥破。孔方的小手渐渐凉了，他不得不抓紧，好几次抱他起来，直到气喘吁吁，只好放下，勒令他跟住自己。孔方说王小米，王小米来过这里？是啊，是，她来过，从小就来过，有你那么大的时候就来过。孔方站下来，仰脸看他说，爸爸，我累了。那张酷似自己儿时的小脸上有朦胧轻柔的灯光。他蹲下来，我们下山呢儿子，他说，马上回家了，马上。今天回家吗？孔方说。他摇摇头，不知如何回答，不知是否在王小米的故乡——她的成长之地过夜。他慢慢向下，青石板沾染了最早的夜霜，必须步步小心了。他说我们大院里那个疯子，那个捡垃圾的疯子，从前是跳高运动员哩。跳高运动员，孔方说，哪样是跳高运动员？跳高运动员就是，跳得越高就越厉害的人啊。孔方说，跳多高？树那么高？是的，树那么高。山那么高？是的，山那么高。孔孟，你为哪样不做跳高运动员？哦，我是拳击运动员，我是练拳击的。我晓得呢，你是练打架的。他笑了，紧紧抱住儿子，贴住他凉凉的小脸。是的，我就是练打架的。早知道，早知道我就练别的了，练跑步，练跳高。不对，我应该练练咋个挣钱，挣大钱。那么，孔方说，挣大钱要咋个练？这个嘛，就是把钱种进泥巴，每天浇水，等它一天天长大，结出一张一张钱。孔方笑了，咯咯咯的笑声在暗夜山谷中传得很远。树上才不会长钱哩，笨蛋，孔孟是大笨蛋……当那个司机，那个等得不耐烦的黑瘦男人大声嚷嚷说你他妈的搞哪样名堂，老子刚要走时，他质问说，不是讲好了送我们下山？司机说，现在要三倍的价。三倍？孔孟说。是，总共一百二，不然就不干了。孔孟说你咋个能这种？司机说咋个不能这种？你打电话叫车嘛，看看哪个会这么晚来太宝山拉你嘛。孔孟看看儿子，让他背过身去。他不想当着儿子的面。孔方表情茫然，他只好很不客气地命令道，转过去！孔方战战兢兢转身。他数着，也许三秒，也许更短，一到两秒吧，KO，一个嘴里喷出烟臭味的司机已被撂倒在地，毫无还手之力。也就指关节稍有些疼，迅速被凶猛的快感淹没了。多年没有站在拳台上正儿八经打比赛了，更没有直接把对手KO撂倒。那么多年过去，那么多年，他一直是个挨打的家伙，一个只能默默忍受别人拳头的陪练员，每月挣四千块，养着儿子，养着老婆。而他欠债的老婆消失了，带着一大笔钱。消失吧，都消失吧，没关系，没半点关系，几十年没爹都没关系，好赖必须扛着必须咬牙，扛着，这没什么，你都当爹了，这有什么?！现在他轻松得像黑夜本身，仿佛即将腾空飞去，在太宝山山腰挖出王小米逃匿的秘密隧道。耳边传来阵阵松涛，清脆婉转，就像那个美丽的黄昏那个陌生又柔媚的女人的说话声，嘿，进来，吃火锅。他转身，一把抄起儿子。司机使劲扒住车头，大声说你给我等着，你他妈有种就给我等着！狗日的昆明人！他大声说，我等着。然后将孔方高高举到肩上，如威严的老虎一步一步往下走去。黑夜里传来司机打电话叫人的呼喊以及凶狠恶毒的诅咒，之后发动汽车向山下疾驰，经过他们时探出脑袋说狗日的你给老子等着，我要你死，要你死！他不再回骂。出租车一溜烟消失了，山间传来清晰的马达。孔方拍了拍他的脑袋说，爸爸，你看。孔孟使劲按住孔方的小腿，抬头看天，果然，漆黑的天上出现星星，很亮，也很温柔，似乎伸手就能抓住它们。不怕，儿子。他说，有我在，哪样也不用怕。

麻醉

因为从前的患难已经忘记，

也从我眼前隐藏了。

——《圣经·以赛亚书》

我对医生说，再给我半小时。他是个年轻医生，留一把小络腮胡，让人想起俄罗斯小说里的瓦谢耶夫或拉斯普京。他出去后我看着两脚在病床上晃来晃去。床单雪白，墙壁雪白。我左面，年轻的大头小李冲我摆手，说杜哥，不怕。再往左，精瘦的小冯跷着二郎腿捣鼓手机。我最老，四十多了。小冯用过来人的口气说，麻醉了,怕哪样？

他又问我是否今天手术，我说是。他说，到底怕哪样？我说，就是怕嘛。他笑了，人死屌朝上，怕个球。他这么一说，我更害怕了。也许是病房光线太暗，我忽然心跳加速，嘴里发干，怎么也喘不上气。

苏粒来了，没买水果，没给我带任何吃的，空手坐在床脚，劝我说，都住进来了，那就上吧。我摇摇头，无法形容的恐怖像烧红的铁丝直插脊椎。没什么好怕，她说，打了麻醉，什么也不用怕。你就放放心心交给医生。她似乎在交代后事。我觉得她脸色不错，像每天躲着吃西洋参，少女般娇嫩的红晕都快漫到耳尖上了。我说，好吧，听你的。那我走了，事情太多。我问她什么事比我手术还重要，她不回答。长长的空白中，我发现我和她都很尴尬，好像我们做错了什么。好像我的年龄、学历、经验或者别的什么鬼东西和所有人（包括苏粒）都不太对路。但什么也改变不了，也不可能改变了。她说明天再来，等我做完手术她就来。我什么也没说。她走后，她穿着那件有点拉风的白底黑花的驼色风衣走后，我按了呼叫铃。护士跑来问我，想好了？我说，想好了，做。

手术之前，一只开塞露帮我把能拉的屎一次性拉完了。然后，他们将我推入手术室。拉斯普京小子穿一身蓝色手术服坐在床边，床上堆满器械；另一侧，站着一个也穿蓝色手术服的女医生，身材苗条，个子很高，戴蓝色手术帽，低头划拉着苹果手机。拉斯普京小子说，喏，3床，杜上。又对我说，这是刘医生，她主刀。哦，我表示服从。女医生说，你好，继续划拉手机。实习生走进来，让我在一份免责声明上签字。他让我看了一大堆条款，顺便解释说，再小的手术也有风险，比如下肢瘫痪、心脏停跳、切割不当导致某个器官彻底报废。我又害怕了，脊椎一阵痉挛。可是来不及了，完全来不及了。我低头签字。女医生看了看我。她很漂亮，像一棵优雅的树。她问我年龄，做什么的，我如实回答，我知道她这么问是想打消我的顾虑，让我彻底放松。她还笑着说，实际上，在你无数的生活考验中，一次芝麻大的手术算什么嘛。我说，是吗？她说，你想啊，你身体出了小故障，你立即把它解决了。从社会学、经济学、生理学的角度看，这都是代价最小的新陈代谢，一次小小的修复升级。你说呢？我小声说，是。我想了想，问了一个也许不少病人都想问的小问题：我是男人，会不会——她打断我说，你还知道我是医生哪。那么——我又说，你做的是脓肿切除。她说，我最多看见睾丸，或者阴囊，你满意吗？

三天前吧，我突然发冷，恶心，傍晚开始高烧，肛门阵阵刺痛。我以为是痔疮发作。夜里，我摸到左侧出现脓肿，像蚊子留下的疖。我睡不着，起床一杯一杯喝水。凌晨3点，我试着叫了一声，苏粒，她睡得很死。我不再好意思叫她。天亮后我打车直奔中医院。拉斯普京小子对我做了检查。他戴上金色橡皮手套，让我背过身，躺好，蜷起两腿，食指轻轻捅进去。我疼得直叫。他说，肛周脓肿。我请他解释一下。他说，不是痔疮，是一种，一种溃破。也就是说，你内部污染了，它排出脓液，聚集在肛门周围的皮下组织。我问他，怎么办？他说，手术，必须手术，没别的办法。如果不手术呢？我吓住了。哦，那就麻烦了。麻烦？你想啊，脓液会击穿你的肌肉和皮肤，冲出肛周回路，会出现一个漏洞，也就是，肛瘘。明白吗？我问他是否还有第二种办法，比如保守的办法，癌症都有保守疗法嘛——没有，他摊开手，放在古代，办法也只此一种，手术。要是没条件手术，只能变成肛瘘，一辈子活在自己的臭大粪里。哦，最惨的是它会引发别的疾病：直肠坏死、直肠癌。古人短寿，跟这个也有关系。他狡黠地笑笑。他这么一说，我头皮阵阵发麻。那你的意思是？马上住院，他说，马上手术。

邻床大头小李比我早一天进来，手术却安排在我后面。他说，前天发病的时候疼得要死。我以为是痔疮爆炸，我靠。他笑了。窗外，一棵老式电线杆上落满燕子。我说多年不见燕子了。他说是吗？我说，当然，我是老K城。他念了两句诗：无可奈何花落去，似曾相识燕归来。我问他，谁的诗？他说，忘了。我问他几岁。二十九，他说，老了。然后他问我，大哥你呢？我说，四十二了。这时天色渐暗，燕子似乎听到某种神秘指令，猛然腾空掠起，像巨大的乌云向西南方向疾飞。小李是前天晚上陪客户吃饭时发病的，后来客户打了投诉电话，害他丢了工作。我说你做什么的？他答非所问，说，可以放个长假了。手术以后呢？他头大脖子细，两只眼睛凹陷、黑亮。以后再说，我才二十九嘛。他苍白的圆脸挤出微笑。三年没休假了，一天没休过。我没说话，瞥见他床头柜上堆满东西：水果、罐头、保健品。我的床头柜还空空荡荡。苏粒没给我带任何东西。我听说，手术完了才遭罪。是的，是的，麻醉过后，疼得要命。会死吗？我笑了，是小手术，非常小的手术。我安慰他，也安慰自己。他一声长叹，说，他妈的，哪里不长，非长那里。我说是啊，我也想不明白。

苏粒进来的时候天黑了，路灯刚刚亮起，汽车吭吭哧哧碾过楼下光华街的青石板。我搜肠刮肚，发现光华街是 K 城唯一幸存的老街。其北面是胜利堂——当年纪念抗战胜利的大会堂旧址，南面是艺术剧院，东面是花鸟市场，充满各种小动物和粗制滥造的手工艺品；再往北，躺着衰朽的正义路，我小时候上学每天经过它，街上的法国梧桐散发着趋利避害的苦味，我从不喜欢它。谁能料到若干年后我将躺在正义路边上一家医院的病床上？苏粒放下一袋橙子说，我有事，先走。有事？老徐从泰国来了，我接机。我没说话。她叮嘱我下楼吃顿好的，她明天争取过来。争取。出门前，她看我的眼神焦虑而憔悴，看起来比她实际年龄更老。她压力太大，而我没法缓解她的压力。我欠她很多。她冲我笑了笑，嘴角后仰，绷出几条皱纹。我认为我还是喜欢她的，还爱着她。我知道。也许，这种爱，已经深刻到连我自己都很难察觉的地步了。

我取出橙子，问大头小李，来一个？他摆手说，还有那么多水果哩。靠窗的小冯，姓冯名戈（医生护士喊他时，冯哥、冯哥，就像被他占了便宜），也摆摆手，说，疼。我说，伤口？他说，是。他二进宫了，已经熟练掌握每次换药的时间和节奏，与护士、医生的关系非同一般，比如，他经常表扬护士年轻漂亮，查房医生肤白貌美。她们很受用，满意地笑着，轻盈地离开病房，走之前不忘交代他注意这注意那，其关心程度远胜我们。我瞧不上他，但也谈不上反感。我对比我年轻得多的男孩都不太反感，但也不太喜欢。我年轻的时候和他们太不一样了。我继续向他请教：很疼？废话，他侧卧着，背对我们。狗日的实习生，下手太重。我说，什么意思？他说，明天你就明白了。此时大头小李掏出香蕉，吃声很大。没用，小冯说，吃香蕉根本没用，拉不出的屎照样拉不出。我问他怎么复发的，他说他首次手术很完美，半年后他开车去新疆，吃了十天羊肉，很快嘴巴冒泡，旧病复发——肛门长出指甲大的脓包。他知道完了，于是把车子扔给朋友，次日从乌鲁木齐直飞K城。几天前，他做了第二次手术。唉，妈的实习生。医生查房时，他还在骂。这是个漂亮姑娘，一袭白大褂让她风度翩翩。还疼？她问小冯。冯戈回头看她，使劲笑了，哎呀小马医生，你给我换药多好。嗨，今天的小秦医生不也一样？医生和医生，不一样嘛。冯戈称赞她手艺高超，换药精准，不会让人疼得想死。小马医生笑了，询问我和小李的情况。哦，明天手术？祝你们一切顺利。她的笑容很迷人，嘴角有浅浅的酒窝。疼哪，疼死啦。冯戈夸张大叫。姑娘从我手里接过橙子，转身出去了。大头小李和冯戈扭头看我，似乎我打破了某种默契。但我何必在乎他们的看法？我虚心请教冯戈术后要准备什么。他说，撒尿。什么？他背过身，不再解释。对此，大头小李比我淡定得多，不向小冯请教任何问题。他吃完香蕉，又啃苹果，继续被冯戈冷嘲热讽，说你就是吃一吨水果也没用，该病照样病。我说，你羊肉吃太多了。他说，按杜哥你的说法，那些草原上的牧民，天天吃牛羊肉，岂不人人该得？他把我噎住了。这种高深的问题我哪答得上来，于是大声说，走走走，吃饭。

我在光华街口一家小餐馆要了土鸡米线，外加一只鸡腿。昏黄的路灯亮起来。半小时后，我猜最多半小时，天就黑了。我想给苏粒打个电话，想想又放弃了。我不知道她是否愿意接我电话。我说不上来。我吃完米线，啃一口鸡腿就撂下——一股子蜡烛味。我走出去。青石板硬得硌脚。我慢慢吞吞返回病房。屋里空着，大头小李和冯戈都不在。病房里有药水和食物混合的怪味。

显然，冯戈对实习医生小马居心不良，熄灯后竟然觍着脸说，你们没见小马医生看我的眼神？温柔，我操，说话也很温柔。实习医生惨哪，两头受气，病人的气，医生的气。备受压榨的廉价劳动力。大头小李说他没看出小马医生对冯戈有什么意思。你看出来了，杜哥？我说我也没有。你们错了，绝对错了。冯戈大声说，小李啊，她对你公事公办，对杜哥呢，因为年纪最大嘛，所以挺尊重的。对我，她左一个冯戈，右一个冯戈，你哪不舒服，伤口还疼？你们看，她没叫我小冯，也没有喂喂，而是叫我全名。哪种情况下医生才叫患者全名？我插嘴说，任何情况下都叫全名。大头小李同意我的意见，指名道姓很正常，你想多了冯戈。我们哈哈大笑。冯戈冷笑，好好好，走着瞧。之后小李睡得飞快，打起响亮的鼾声。冯戈骂道，早知道他打鼾，就该调换病房。我问他，你在K城做什么？他说，中介。我说，什么中介？他没回答，却报了一个吓人的月薪：一万三四。我告诉他，我薪水连他一半都不到。他过了许久才说，他妈的，这点钱，算个鸟。片刻之后，又说，小马医生对我绝对有意思。你想啊，他说，她被医生呼来唤去，天天受气，但凡友好的表示，她一定感激。而我，从来对她很友好，我上次进来就一直夸她赞美她给她小礼物，时间长了，没意思也会有意思嘛。我接触的客户成千上万，绝对错不了，我能一眼看出他们的花花肠子……我困了，也烦了，他绕回正题，说小马医生的心思，无非找一个不错的男人谈一场恋爱。你想，她三十了吧？二十八九是有的，研究生读傻了，急需一场爱情和婚姻。我说，是吗？当然，她们这个年纪的女人就冲结婚去的，莫看一个个牛哄哄的。你的意思是？你给点阳光，她就灿烂；你划根火柴，她就熊熊大火。小马医生绝对是剩女，不信，我们打赌。我说我不打赌，你小子话里有话。他说，昨天傍晚正是小马医生换的药，之后，我偷偷送她一件小礼物，她收下了，满面羞红。哈哈，这说明哪样，杜哥？我没吭声。如果冯戈所言属实，他拿下小马是早晚的。这小子身上有种“杀马特”气质，有时候，姑娘们不就喜欢这类货色？此时小李鼾声渐小，又忽然变大。对我而言有没有鼾声无所谓，我太紧张了，脑子发麻——明天就手术，天知道能否扛过麻醉！麻醉之后呢？我手心出汗了。我怕死，最怕非正常的死。我才四十二，还不想死，不想被一个小小的脓肿弄死。但凡苏粒劝我不用手术，我都会听她的，可她说，听医生的。我翻来覆去睡不着，轻声问冯戈，睡了？他毫无动静。房间很暗，橘色灯光透进来。我意识到我应该放松。我起身撒了泡尿，上床后摸着肛门右侧小小的脓肿，一面胡言乱语，一面自我安慰，尽量把恐惧压进某个角落。小小的脓肿不也是体内物质自我安慰的结果？那些健康的组织，把废物挤出去推出去，终于让它们滚蛋和暴露。这与个体命运，我们这些卑微个体的终极命运没什么两样。

大头小李的女友不算漂亮，但性感，我指的性感正是丰乳肥臀，是年轻的荷尔蒙漫溢的强悍浮夸，让人忍不住看了又看。她于次日清晨提拎着一只保温饭盒走进来，我吓一跳，下意识拽了一把裆部。冯戈还在酣睡，距离护士唤房时间刚过去不到三分钟。姑娘娇嗔地冲小李说，等了半小时啦。她将保温饭盒放在床头柜上，将一堆也许正是她本人捎来的水果挪开。早点！她说。哪样？小李说。馄饨，外加两个荷包蛋。小李伸一个懒腰，说两个鸡蛋不够吃。姑娘骂他，三个够吗？我下去买，你属猪啊。本爷属马！他们肆无忌惮。冯戈钻出被窝，手里举一个黑色笔记本，厚得像新华字典。姑娘说来说去无非想说，她5点就起床了，给小李买这买那，打了车横穿K城才赶到医院。他呢，连句谢谢都没有，真是头猪。最终，两人的拌嘴以小李承认自己是猪而告终。哈哈，对，你就是猪，案板上褪了毛的大白猪。姑娘坐在床边，脚上一双栗色古驰搭扣皮鞋，鞋跟很尖，像把锥子。我不想上班了，她说，我受不了这帮傻逼了，他们准备推翻我。推翻？他们私下议论，要给董事长写联名信。一帮傻逼，不知道董事长是我舅啊。我爹还是董事呢。别傻，小李像过来人，你必须去你舅面前争取主动，为自己说话，把他们的路堵死。这样一来——我舅，呵呵，他知道，他什么不知道？丁点风吹草动瞒不住他老人家那一双贼眼。姑娘笑了。看得出来她喜欢甚至崇拜小李。你的意思是？你别管，我的事情，你不用管，先管好你自己。遵命。大头小李缴械投降。姑娘瞟我一眼。年轻姑娘的目光总让我紧张又困惑，我低下脑袋。姑娘后面的话对我和小李都很管用：准备好了？几点手术？小李看看我，悄声说，他先上。同一个医生？是。我们三个，一样的病。一模一样。小李兴高采烈，似乎为我们共同的疾患而自豪。晚上吃什么？姑娘说。随便。不能随便，必须预祝你手术成功。好，龙虾。嗯，我给你上一脸盆麻辣小龙虾。姑娘兴致勃勃，每一次大笑都惊天动地。她短发，高鼻梁，皮肤很白，能看见太阳穴周围的淡蓝色血管。但整体上说，她有些俗气，我怀疑她脚上的古驰是假的。她忽然凑到小李耳边窃窃私语，不时像黑猫一样瞅我，似乎对我本能地反感。也许是我年纪太老，没资格跟他们混在一起。我是真不想上班哪。她又说。大头小李批评她说，你想干哪样？喝西北风？我养你？我他妈卖肾养你？我呸——她说，你，就凭你，一个月工资不够买我一只鞋，哪个养哪个？大头小李嘿嘿傻笑。姑娘一手在床单上抓挠，五只血红的指甲非常醒目，手指修长。我注意到，小李已经从她的动作中捕捉到足够的信息。这种暗语只属于他和她。他大声说，杜哥，小冯，要么，两位下楼遛遛？他的话极其突兀。冯戈扭头看他。我说，小冯，我们走？冯戈说，我疼。小李立即把什么东西塞他被窝里。他掏出来，下床趿上拖鞋。待他出去后，小李也把那东西给了我。是电影票，隔壁艺术剧院的电影票，好莱坞大片《蚂蚁特工队》。我说，你们咋提防医生？小李笑而不答。姑娘垂着下巴，脚尖在水泥地上蹭来蹭去。

去艺术剧院不算什么，就算被赶出病房也不算什么，但我无法想象他们的行事地点，怎么也想象不出来。电影放到一半我就溜了，沿光华街走到花鸟市场又折回来。我知道，这将是我手术前最后一次遛弯。我贪婪地呼吸着这条老街，也是K城唯一一条青石板老街的浓烈气味，它夹杂着旧家具的陈香和花鸟虫鱼、猫猫狗狗的闷臭，法国梧桐气味苦涩，汽车尾气浓烈刺鼻，整条街微微晃荡，仿佛醉了。嗯，一个老家伙即将躺在手术台上，生死未卜。不，我没那么老嘛。我不太清楚这种衰老之感，这种突发性的难以喘息之感从何而来。并且，我意识到我被人赶出病房，无论哪种方式，无论是交换的还是自愿的，我都像个无家可归的蠢货。我妻子不在身边，一直不在身边。她缺席了，或者说，她早就想离开我了。这念头吓我一跳。但我说服自己不再胡思乱想，像所有健忘的老男人一样走进轻飘飘的黄昏。夕阳在青石板上散射，稀薄的光线缠住我，推推搡搡，彼此妥协。几分钟后，我从正义路一个小书摊上买回一本薄薄的旧书：《家具油漆技术》。只花了五块钱，是所有旧书里最便宜的。

房门虚掩，我轻手轻脚进去。还好，大头小李和他的性感女友仍待在他的地盘上，连姿势也没变：小李斜倚床头，姑娘继续晃荡那双古驰搭扣皮鞋，露出雪白的脚踝。我终于发现，此前她是穿袜子的，现在袜子消失了。我躺回床上。他们主动招呼我。小李满脸傻笑，姑娘腮边的潮红还没散开。他说，电影看完了？我说，完了。好看吗？不好看。他们又笑了。谢谢啊，杜哥。不谢，不用谢。以后你要想看电影，小小随时有票。我不知该说什么。小小，看起来比小李年长四五岁，她说她老爸经常能拿到各大影院的票。为什么？我爸是——她说一半不说了。我不再追问。此后他们继续打情骂俏，当我是柜子、痰盂一样的摆设。冯戈还没回来，我应该多溜达一下再回的，可我累了。我想出去，退到走廊上——这是个椭圆形回廊病区，前后一共五间病房、一个护士站、两间医生办公室和三间治疗室，走廊里到处是中药味。我钻进卫生间，猛见手纸篓里两只用过的安全套耷拉着，在暗淡的灯光下可见惨白的精液。我闭上眼睛，空气里还有性交的气味。他们一定是在小小的洗手台上操作的。妈的，多简单。我咋没想到？只要把门闩死就行了。医生绝不会硬闯。我没撒尿就出来了，去了公共厕所。我返回时，一名护士待在护士站里玩手机，我走到左面称重器上站了站，指针叮叮响，直奔70公斤。我没想到，最近那么累，体虚乏力，吃得也不多，居然长胖了。我自言自语了一番，小护士抬头看我，说，你不胖哪。我说，我还是喜欢67公斤的我。她笑了，问我为什么不是68，偏偏是67。我说，嗯，就是67。她又笑了，问我是不是3床杜上。我说，是，我是杜上。她说，明天手术完了你再称称看，没准立马就瘦了。是吗？试试呗。好的。好。我往深处走，头顶没有灯光，迎面的治疗室亮着灯，一批病人聚在门口等待换药，手里提拎着黑色塑料袋，表情麻木。我凑过去，小声问其中一人，医生没来？来了，他答，小马医生。哦。我顺走廊往前，医生办公室里果然坐着小马，她背对我，在电脑前敲打，像在赶一份报告。我走进去，她突然回头，问我，有事？我说，没事，只是，想起明天手术，很紧张——她微微一笑，嘴唇很薄，牙齿整齐雪白，比查房时还好看。不用紧张，她用医生惯常的口吻劝我，是很小的手术，要麻醉的嘛。我用力点头。你看外面，全是脓肿病人。哦，可是，我们病房的小冯说，真他妈疼。我随意蹦出的脏字缓和了气氛，她又笑了，问我是否很少吃蔬菜水果，我承认说，是。她说，难怪。我说，你的意思是，多吃蔬菜水果可以避免？至少，概率小很多嘛。小多少？百分之六十。是吗，那我每天吃十个苹果，十根香蕉，十个橙子。她哈哈大笑。我不动声色。我在小姑娘面前还是有一点点幽默感的。你们真辛苦，没白天黑夜。向伟大的医务人员小马老师，致敬！她笑得很欢快，是啊，我容易吗我！她打一个长长的哈欠，看似十分疲惫。她桌上有一只小鱼缸，一尾小金鱼来回游动，给杂乱的办公室平添不少生机。你喜欢金鱼？还行。你喜欢这里？什么意思？她有些警觉。我急忙说，你喜欢你的职业？她皱起眉头，似乎不知道如何回答。从侧面看去，她有一种战战兢兢的美。我可是研究生，肛肠是我的专业。哦，我的意思是，我说，有时候，你从事的未必是你热爱的。她看了看我，目光复杂，语调淡下来，不说啦，你该回病房了。我告辞出来，身穿白蓝间条服的病人已排满走廊，目测不下十五六人。有人唉声叹气，有人来回晃动。刚才的男人低声问我，小马医生哪时候来？我摇摇头。他挠了挠下巴，骂了一句，操。

大头小李的女友小小终于走了。冯戈也回到病房，继续在笔记本上写写画画，像在解析数学题。我上床翻开《家具油漆技术》，古老的五号宋体字。小李说，你买了书？你居然买了本书？现在哪个还读书？我将封面竖起来，他更惊讶了。其实我就对它没什么兴趣，20世纪80年代首印，定价只有3毛钱。如按物价提升率衡量，这本书三十多年后的身价（我指的是我买入的五块钱）竟和当年的3毛没有本质差别，甚至不升反降。这就好比我从街边白白捡了它。我奇怪为什么非买不可，就因为便宜？我想起小马医生桌上的鱼缸，想起那尾和同类并无区别的小金鱼，想起它游动时拖曳的淡淡波光，猛然意识到明天即将手术。烧红的铁丝捅进脊骨的感觉又出现了，我后背冒汗，耳朵嗡嗡叫。猛听得小李大喊，操，没信号！喂喂你们有信号吗？他高举手机。我掏出手机查看，的确，信号只有最弱的一小格，很快就消失了。冯戈用一种过来人的口气说，信号不稳定。我问他，其他病房呢？比我们好。为哪样？小李大叫。操，我咋晓得为哪样。冯戈仰身坐起，告诉我们一个惊人的数字：只要追加投资，拓宽渠道，他年底能挣个三十万。我和小李一头雾水。他在昏暗中嘿嘿冷笑。我问他，什么赚三十万？生意，他说，当然是生意。我问他什么生意，他不再吭声。小李接茬说，冯戈你卖哪样关子，要么闭嘴，要么竹筒倒豆子。冯戈说，凭哪样告诉你？小李扭头冲我暗骂。沉默片刻，小李下床，趿着拖鞋走向电视，半天鼓捣不开。我操他妈的电视机，他大骂，哪样狗屁医院，信号没有，电视也没有。小冯冷嘲热讽，说他早说过，电视是烂的。小李说，你说过？当然，操。我们再次沉默。由于没有任何东西可看，我只好翻开《家具油漆技术》，目录诸章节是油漆种类和家具种类。我翻过来，仔细看了看封底版权：上海人民出版社。之后，大约十分钟，也许半小时，我觉得我对时间丧失了概念。小冯蹦下来，大步往外走。小李问了一句，找小马医生？他没搭话，拎着黑塑料袋径直出去。我猜他只能躺在换药室里见小马医生了。直觉告诉我，养金鱼的小马终究不会看上他。可我哪来的自信？他出去后，我拨了苏粒电话。无法接通。当然无法接通。我轻松许多，至少，在这一件事情上，我觉得我尽到了责任。

现在，当我面对手术室里女医生划拉的手机，我觉得我好像错过了最重要的东西，就像错过了世界杯决赛。不过，也没什么大不了。拉斯普京小子介绍说，这是刘主任，为你主刀。哦，刘主任。这里有信号？有啊。那我该拿着手机过来，一边手术，一边给我老婆说说情话唱唱歌。她笑了，你老婆没在外面？没有，我说。哦，她说，没事，这种小手术，来不来，都一样。是啊，我说，来不来，都一样。你准备好了吗？她说。我说，准备好什么？她说，麻醉，我要给你麻醉了。

过程漫长而复杂，似乎惊心动魄，又似乎风平浪静。我背对刘医生，亮出下面。在麻醉之前，我非常清楚她会将我阴茎睾丸肛门一整套私货尽收眼底。没什么，她是医生。我反而庆幸是女医生，下手或许更温柔也更精准，会减少不必要的痛苦。很快，我听见又有人被推进来，护士医生一阵忙活，像拖卸牲口一样将其扔在另一张床上。是个女病人，她轻声叫唤，紧张得不行。刘医生冲我说了句什么，拍了拍我，告诉我说，马上开始。好的，好。我说。我身下，斜后方，传来器械撞击肾盂的叮叮当当。我浑身冒汗，觉得自己必须说话，必须找人说说话。如果苏粒就在身边该多好，如果她就在我面前，拽着我的手，像某一次我喝醉呕吐时她抓住我的手在我后背拍打，该多好。不过，她在或不在，并没有本质区别，毕竟承受者都是我自己。我听见拉斯普京小子轻柔的声音，放松，放松。邻床女病人悄无声息，我也许大叫出来了，把她吓得要命。准备好了？刘医生低沉的嗓音让我想起金鱼。穿着泡泡裙来回奔跑。波光粼粼。我想和拉斯普京小子说话，他轻声一笑，说你不用害怕，没事的，我保证。我说你告诉我，我们病房咋没有移动信号。哦，因为移动基站刚好离你们最远，信号覆盖不过来，形成盲区——他话音刚落，我感到什么东西刺入我椎骨之间，我浑身发抖。并非疼，是一种超然的绝望，就像被人抛弃，撂在青石板上。但它来势舒缓，尚在接受范围之内。我哼出声来，似乎为了抗议这种不太要命却十分锐利的入侵。刘医生继续说，很好，好，要找到你的尾椎孔。那根尖刺继续游走。我闭上眼睛又睁开，拉斯普京小子继续向我解释移动基站和电信基站的异同。基本上，他说，还是电信的靠谱。我说，电信是宽带吧？哦，对对，是宽带。他笑了，我也笑了。此时针头又扎进来，这次痛感强烈，我觉得背上和屁股缝里已铺满汗水。但这一次远比第一次省力，她捅进去了，带着玩笑的口吻告诉我，哈，你尾椎孔比一般人的歪了一点，也许零点一公分。是吗？我苦笑。她说，好了，好，还疼吗？什么感觉？我说，没什么感觉。这就对了，好好，药效上来了，你肛门彻底松弛了。现在，我感到下体已经变成一块肿胀的木头，一块硬撅撅的橡皮似的东西，你能感到他们触碰它，但没有痛感。暂时没有了。我被麻醉了。我进入了麻醉状态，而脑子是清醒的，甚至比麻醉之前还要清醒。刘医生说，现在就要实施手术，什么感觉——刀子在皮肤上划拉时又冷又快，我叫了一下。她说，你还能感觉到疼？不对啊，肯定不疼对吧？不疼，只是——只是什么，我却无法形容。一种凌驾于触感和痛感之上的晕眩，像一根神经游离出来，被医生抓住，打了一个结，或像金鱼在水和光之间窜动，激起浪花。她开始在我病灶上实施细密的技术活动，划开皮肤和肌肉，剜掉脓肿，深度清洗，检视肛门内部……我能感到小小的摩擦和穿刺，就像一群恶棍在你隔壁房间横冲直闯。她不时停下，问我感觉如何。我说，还行。啊哈，痔疮，你这里，有一颗痔疮。她像发现了美洲新大陆。我能想象肛门括约肌被她更深入地探测和翻转，像一只破手套一样抻开了。一颗大痔疮也许是此次病患的罪魁祸首，它在我最近十年的生活里反复折腾，让我一败涂地。我把它割掉？刘医生带着欢快的语气说，哈，买一送一呀。我说，好，好，谢谢，谢谢。我盯着墙壁，窗帘的褶皱拖曳，撑开，半死不活。刘医生的尖刀稍作停留，就来了一次干净利落的切割。我忽然感到钻心的刺痛，像痔疮发作。我大叫一声。刘医生停下说，还疼？怎么会呢？我说，是的，疼。拉斯普京小子哈哈大笑，说你太紧张了。是吗？是的，你太紧张了，你比女人生娃娃还紧张。你现在的感觉应该是，飘在宇宙里，拥抱幸福的虚无。哦，虚无，我说，我觉得半个屁股都被你们砍掉了。我笑起来，他们也哈哈大笑。此后进展顺利，刘医生干完该干的，拉斯普京小子上场了。这小子在我下体弄来弄去，我不再有任何痛感，甚至连隐秘的触感也消失了，纯粹是一种活动，一种无感觉的位移，不涉及改变、锻造和拉伸，最终像在一块木头上敲敲打打，把什么东西拽拽紧，松开，又拽紧。我知道，差不多了。他说他正用药棉将不能缝合的小窟窿堵上，这样一来，我将加入每天换药者的行列。窟窿？我说。对，窟窿，小洞，伤口。哦，我说。又过了三五分钟，他说，好了。我觉得自己还能站立，其实下体毫无知觉，必须由两名实习医生和一名护士抬起来，扔到担架床上。往外推的过程中，邻床手术也在进行，我瞥见女患者无遮无拦的阴部，以同样侧翻的姿势面对医生，殷红的血像月季花一样绽开，将黑暗潮湿的褶皱包裹起来。我低下头，没看清女病友的脸。

后面的事情就简单了。我进入死一样的沉寂，死一样的等待。究竟等待什么，说不清楚。是等麻药过去，还是等待苏粒？也许，是等待小马医生再来一趟。不，我发现我更想见的是刘医生，我的操刀者。病人通常会崇拜自己的主刀医生，就像少年时期迷恋英语老师。但我突然意识到，刘主任的相貌一点也想不起来了——所有医护人员都差不多，被千篇一律的蓝口罩、白大褂消灭了个性，但你觉得他们，男女医生们，一个个漂亮而优雅，非常漂亮而优雅。拉斯普京小子就很帅嘛，像个俄罗斯角斗士。小马医生有一双水汪汪的大眼睛，笑的时候极其美丽，含情脉脉，身材挺拔。就连小秦医生也气质过人，温婉大方。我是该好好感谢一下，感谢刘医生，必须感谢。还得感谢拉斯普京小子。必须的？不谢不行。可我再没见过刘医生。她何时上班？何时查房？何时坐下来聊聊我的病情，告诉我应该注意什么，吃的喝的有哪些禁忌，怎么做有利恢复？……实际上，我躺在病床上，盯着天花板和一只古老的梨形灯泡动弹不得。其间，小李的女友小小来了，带来一堆水果。小冯不在，那小子也许又在盘算着如何赚大钱。我掏出手机，想给苏粒打个电话。没有信号，手机一直没有信号。是的，打或不打没有本质区别。大头小李突然返回，小小问他去哪儿了，他说，你管天管地，还管老子拉屎放尿？小小捏起拳头揍他。小李说他一小时后手术，问我还好，感觉如何。我说，很好，很酸爽，兄弟。我破天荒叫他兄弟，他似乎很感动，立即掏出一根香蕉递给我。我说吃不进去呀，谢谢。小女友埋怨他，你让杜哥咋吃呢，你不剥皮，他咋吃。我说，不用，真不用。疼吗？不疼。还没到疼的时候，还没到呢。几分钟后，小李说，嫂子没来？我继续摇头。此时小小悄悄去了卫生间。他看着我，一只手揣在兜里，又伸出来，在前襟上摸来摸去，我说，你没事吧？紧张？他摇摇头，又点点头。我以过来人的口吻说，没事，很快就结束了。他问我，麻醉呢？他们说，麻醉的时候，很难受。我说，还好。卫生间传来挠门的呲呲声。他抬头看我，目光涣散，心不在焉，然后快步走过去，开门进去了。我望向窗外，电线上没有燕子。我怀疑它们是否来过。我敢肯定现在不是春天，已经是残忍的4月了，哪来的燕子？我眯起眼睛，想忽略卫生间传出的动静。还好，没人叫喊。没有别的声音。只是仿佛水管爆裂，水流遍地，或者塑料盆子在水泥地上划拉的噼里啪啦。

护士要我多喝水，一定要多喝水，尽快撒尿。对，第一泡尿很关键，最好独立完成，否则很痛苦，会插入尿管。你想想看——我说我不用想，不用。我把她们送的几瓶水都喝了，小腹鼓胀起来，可我撒不出来。就算他们让出卫生间，我也没法站在马桶前面撒一泡尿。我操。我憋得要命。她们给我一只足够大的脉动瓶子，让我在床上尿。还是尿不出来。我的下体，老二和整个屁股都不像是我的了，像是别的什么东西，别的什么硬性规定的东西，让我进退不得，卡在中间，像一大块由肌肉和皮肤构成的巨大零件，丧失了起码的机能，如同丧失记忆或电脑死机。其间，大头小李被推出手术室回到床上，半小时后一瘸一拐随小小钻进厕所。小冯凑我耳边说，你弄一首曲子，关于大海啦浪涛啦瀑布啦什么的。什么？尿啊，你试试。是吗？废话。我说我很痛苦，我想尿，非常想尿，但我觉得老二上面三公分处有一座拦水大坝，把尿拦截了。或者说，尿神经像马航370一样消失了，可小腹就快爆炸了。你的意思是，我满头大汗，追问小冯，听一首海浪的曲子，能尿出来？他凑得更近了，我能看见他脸上的粉刺，也能闻到他刚刚吃过米线的葱花味。我轻易不告诉别人，也就是你，杜哥。我说，你不告诉小李？他压低声音说，妈逼的一天到晚钻厕所，把这里当什么地方！我说他还年轻嘛，无所谓，过几天就都出去了。我操，这对狗男女。他现在还有本事操她？根本硬不起来啦。我说你别乱讲，他肯定在努力撒尿。没用，除非我的方法，我他妈就不告诉他。之后，小李果然发出严重挫败的哼哼声，提着病号裤头一步一步挪出来。小女友将他挪回床上。他眼眶潮红，问我尿了没有，我说，没有。他说操他妈呀，我老二，就像不是我的了，就像飞了。我想笑，但笑不出来。小女友说，我就不信一个大男人还干不过一泡尿。半小时后，我丧失信号的手机仍不能下载曲子，只好叫来护士，请她们想想办法。护士说，能有什么办法，你自己想象一下嘛。对，想象你坐在大瀑布下面，在大海边……哗啦，哗啦。我闭上眼睛：大海，峡谷，瀑布。飞流直下三千尺。一个裸体小护士拎起水桶，倒在另一个裸体小护士身上……哗啦，哗啦。小李又去厕所，很快传来哀号。我终于尿了：滴滴答答的尿水被江河奔涌的想象裹挟而出，很快势不可挡。我激动坏了，干脆掀掉被子，让它直击瓶壁。大头小李还在厕所玩命，但完全没用。小女友推门出来，惊呼道，杜哥尿啦，杜哥你尿啦！我哈哈大笑，高声说是的是的我尿啦。冯戈对我们的大呼小叫置若罔闻，抬着笔记本勾勾写写。大头小李直到晚8点也没尿出来。我好几次想提醒他，想象一下惊涛拍岸、浪花翻滚，或小女友洗了个瀑布澡，但我没说。一直没说。事情严重了。护士们不得不为他插上尿管：一根水蛇般的淡黄色橡皮管一点一点从他尿道口捅进去。小李高声惨叫，破口大骂。不到十秒，小小拍手大喊，尿啦尿啦尿啦！但见金黄的尿水顺着管子冲进尿袋。所有人长舒一口气。我觉得我闷坏了，希望窗户开着，随即发现窗户就是开着的。很快，我们打上吊瓶，各种消炎药水滴答滴答流进来。病房骤然安静，非常非常安静。半小时后，小冯跳下床，提着黑塑料袋往外走。换药，他说。我猜今晚换药的是小马医生。又是小马。我挺起身体，感到凶猛、尖锐的疼痛从肛门直冲上来，像饿坏的野狗在我下体方圆二十公分内撕咬。痛觉恢复了，我真高兴，却又被蛮不讲理的剧痛折磨得直哼哼。我想我的声音比刚才小李的号叫还大。我冷汗涔涔，没听清小李说了什么，也没听清他的小女友说了什么。头顶上，梨形老灯泡亮得吓人。我忽然害怕极了，担心活活疼死，被黑暗以及术后可能引发的后遗症灭掉。哪怕只剩一口气，只剩一口气也该做点什么，比如，打个电话。于是我掏出手机反复拨打苏粒的电话。没有信号。还是没有信号。我诅咒狗操病房狗操信号。问题是，苏粒知道手术时间，也应该知道做完手术了。妈的，我想她，非常非常想她。

各种药水像是手术的某种补偿。头孢，左氧，葡萄糖；粉红色的，屎黄色的，没颜色的……我动不了，偶尔想举起吊瓶上个厕所，伤口钻心地疼。不，是扎进脊椎的疼，仿佛前胸后背也剜出一个窟窿。苏粒没来。我下床的动作迟缓，丑陋，像要死不活的鸭子。我顺利撒尿回来，继续躺下。不饿，也不渴。让没完没了的消炎药水为我解渴吧。尽量减少翻身次数，每一次动弹都痛不欲生。我渐渐找准痛点，不是肛门附近被挖出的那个窟窿、那个洞，而是更深的地方，某个更可怖的像超级黑洞的最深处，像藏着一根带刺的小钢针，来回试探、搅动；就连呼吸也紧绷绷的，肋骨使劲撑着。我移动时必须夹紧睾丸，步子尽可能小些，再小些，像蛆一样。我渐渐觉得，我不是什么半死的鸭子，而是一条腔肠动物，毫无用处，没有意义。没人联系我，没有一通电话，没人给我送吃的，不论一碗米线还是一只水果。我要是有一个像小小那样的女友该多好！那小子到底有何过人之处？是自带一种死皮赖脸的暴力式幽默，还是私底下百依百顺，极尽温柔？我太钦佩这小子的恢复速度了：尿管刚刚拔掉，屁股上还塞着棉花，两人又进了厕所，又搞出些动静。在叮叮咚咚、摧枯拉朽的响声中，小冯跳起来，说狗日的，但愿屁股上的洞把他老二吸进去，变成个太监。我笑了。他压低声音说，傻逼，一个大男人，整天干一条公狗才干的事情，真他妈傻逼。他冲向厕所砰砰敲门，然后溜出去了，回来的时候两人还没露面。小冯趴在我床头，像先知一样悄声说，杜哥，给你个福利，天大的福利。什么？我说。两折拿我的药。什么？坐在床尾的他犹如幻觉，瘦小，黝黑，弓腰驼背。屁股上的窟窿也许根本不存在。我的药啊，他继续低声说，特效药，中华一号。什么？中华一号。我使劲摇头。你疼吗？当然。那你该用我的药。你什么意思？我虚弱地望着他发黄的眼珠。你以为我二进宫是闹着玩的？他说，你以为我恢复的速度还他妈的比不过火箭速度？我说，你到底要说什么呀兄弟？我对他也用了“兄弟”，就好像一时心虚，必须讨他的好。嘿，杜哥啊，我说的是我代理的南非神药，可以对付脓肿、痔疮、瘙痒、肛瘘等一切肛周疾病。相信我。我问他为什么南非产的药叫中华一号，他说非洲材料，中国组装。我说，我咋敢信你？他说，你必须信我。你看，我自己就是活广告，恢复得多好啊，就因为每天使用中华一号——厕所门开了，小小搀着小李一步一步挪回来，两人满面潮红，像打了鸡血。小冯冲我伸出食指，压在嘴巴上。小李说，冯戈，刚才敲门的是你？冯戈不理不睬，将手里一只小东西塞我被窝里。吃饭去也。他高喊一声，大步走出去。从他弹性十足的步伐上，你看不出他屁股上也有窟窿，也许还不止一个。

是药膏。写着中华一号。我凑到灯下看了又看。没错，仿宋三号字体，比牙膏稍小，火红色，就像治疗鼻炎的小东西。我用帽塞捅开，一抹浅绿的膏体涌出来，气味强烈，是薄荷。浓浓的薄荷，让人头晕脑涨。

晚7点，苏粒来了。她穿着上次的白底黑圆花风衣，抱怨说外面很冷。都4月了，K城还这么冷，是不是倒春寒？我说，是吧，应该是。她坐在床边椅子上，看着我，问我是不是生她气了。我摇摇头。她说，这两天非常忙，焦头烂额啊。我问她忙什么。她说，考察新店地址，可能高新区，也可能翠湖。你更倾向哪边？我说随便，你自己定。她说高新区人流量更大。翠湖嘛，你懂的，大多是装逼的知识分子，而且是小知识分子。我没说话，觉得她有些陌生。熟悉的陌生或陌生的熟悉。也许是疼痛引起的。我身体内部也就是直肠深处的钝痛一直都在，从未消散。那么，你这个店就不装逼？所谓的精品服装店？现在谁还在店里买什么精品服装，都上网了。我说。苏粒有些吃惊。她长发微乱，看起来憔悴、困倦，皮肤暗沉，似乎老了几岁。她本该带点东西来的，吃的，喝的。可她两手空空。她说，你脸色不好。我说，疼啊。她说，刚才走廊里站满了人，他们都是——换药，我说，哦，对，我该换药了。我指了指床底的黑色塑料袋，袋子里装满药膏。我说，你搀我过去？去换药室。她说，好。她有些拘谨地起身，从床下拿出袋子，打开，看了看。我伸手搀住她。久违的温暖和她的兰蔻香味让我浑身颤抖。苏粒比我矮些，我搀着她，高度正合适。我们出门，往左，经过三间病房，经过医生办公室。走廊上，已有十来个病人排队等候。我们穿着一模一样的衣服，就连走路的姿势也一模一样。每人尽量张开两腿，也好减轻疼痛。没有人说话，大伙面无表情。苏粒从我胳臂下面钻出来，问我，医生还没来？我说，应该到了吧。前面，头一个男病号大声说，在里面准备呢。队伍向前移动，前三个进去了。五分钟后，换另外三人进去。速度不快，也不算太慢。每人出来都提拎着裤子，龇牙咧嘴，左右摇摆，像随时可能口吐白沫摔在地上。很快，走廊里铺满病人，一点一点缓慢挪动。轮到我了，苏粒在我胸口拍了拍。我往里走，排头的女病人刚好出来，我看见床头一盏水银灯将小马医生苗条的侧影擦得闪闪发亮。我走到帘布前面，听见一个男人痛苦的叫声。我数着，连续七声后，小马医生说，好了。男人说了声，谢谢。一阵窸窸窣窣，他提起裤子，挪下病床，两腿张得很开，像乌龟一样移动。经过我时，他使劲伸伸舌头。我挑开帘子进去，小马医生戴着口罩，让我脱下裤子，背对她躺下，蜷起两腿。我一切照做。她打开塑料袋，取出药膏、酒精和药棉，再将一把小钩子举起来。之后，疼痛汹涌而来。因为没有麻药，没有任何止疼的东西，能感觉到小钩子、小药棉在我下面划拉，毫不客气，凶狠无礼。我想到美军轰炸伊拉克，想到领导跳上讲台乱骂，想到世界之初的黑暗不过是一片灰尘，像破棉絮一样纷纷扬扬。我禁不住大喊大叫。小马医生说，嘿，很疼？我说，疼呀。她说，好了，马上就好。全程就像把我的直肠重新撕碎，再一点点挖出来，最后像抹水泥一样抹平。好了，小马说，第一天，难免，伤口还是新的，会慢慢长好。我似乎流泪了，几乎没气力拽上裤头。我挨下床，老二无遮无拦地亮出来，就亮在小马面前。我忍住剧痛，将裤头提起。这没什么，她是医生，露出老二的病人又不止我一个。大便后温水清洗，记住啊。她熟视无睹，似乎我只是一个移动的物体。我们所有人，所有病人拥有共同的东西：窟窿、疼痛和急于恢复的心情。我咬牙切齿，疼痛随着脉搏的弹跳一下狠似一下。天爷！我叫得很夸张。小马医生放下小钩子说，你知道男人为什么得肛周脓肿？我使劲摇头。她说，就是为了让你们晓得，女人生孩子有多疼。我苦笑着，问她说，你的金鱼，还好？很好，她说。哦，我说。她看了看我的床号，说，你叫杜上？是。她笑了笑。我慢慢向外挪动。一列病友站在两侧，有人冲我龇牙咧嘴，就像我被医生当场阉割了。我好容易来到门外，苏粒已经不在了。我轻声呼唤她的名字，经过一个个男人女人，穿一模一样病号服的病人。他们看着我，好像听不懂我在呼唤什么。苏粒，苏粒，这当然是一个地道的人名。但无人答应，也没人搭理。我绕着走廊磨蹭一圈，还是没找到她。也许在病房？我忍住剧痛，来到病房门口，推开门。屋里没有一个人。大头小李不在，他的小女友也不在。冯戈不在。当然，苏粒也不在。

夜晚极其漫长。五瓶药水打下去，我还是疼得厉害，凌晨两点多仍昏昏沉沉睡不着。外面路灯愈来愈亮，大头小李鼾声不息，这种鼻腔和会咽软骨炮制的轰鸣让人想起20世纪50年代的黑白老电影，我们机关枪打得稀烂，像臭虫、蚂蚁、苍蝇，诸如此类。我不明白为什么生病，为什么没有预兆地生病，而且必须手术。我还是不清楚脓肿的病理，它怎么出现的，又怎么壮大的。完全无法想象。大概3点多，走廊传来沉重的脚步声，从这头到那头，又从那头到这头，然后坐在椅子上，连连叹气，最后演变成嘤嘤哭声，一个女人的哭声，以相同节奏和频率哭了很长时间才消失。我总算有了睡意。转身听见小冯磨牙，说梦话，内容很难听清，我猜和钱有关。他的中华一号一定赚了大钱。在这类梦境中，总有无数鲜红的人民币和葱绿的美元从天而降，把你埋在下面……我渐渐睡着，梦中一个长着六条翅膀的魔鬼滴洒着过期胶水似的口涎一步步逼过来，马上就要喷火说话了。身后是万丈深渊，可你并不害怕，似乎对摔下悬崖充满期待。关键时刻，你又醒了。非常非常清醒。我浑身冒汗，非常多的汗，把T恤打得透湿。我气虚血亏，他们说得没错，但凡动了刀子就很难保证不出问题。我的身体明显不行了。我一阵悲哀，猛然想起走廊上的哭声，也许被它传染，也许意识到自己的处境，于是萌生了哭的冲动。我拽起被子，又觉得像个笑话。一个大老爷们儿，哭什么哭？

我摸黑出去。走廊的石英壁钟指向凌晨3点3刻。我走得非常艰难，在昏黄的似乎也被麻醉过的灯光下，按顺时针方向由西往东。经四间病房，听见有人打鼾，有人说话。冷风钻进来，很冷。疼痛挟持着我，让我煎熬而羞愧。医生办公室亮着灯。我走近，里面没人。几张桃心木桌子像小学课桌一样整整齐齐，也略显拥挤。小时候，拥塞的教室必须忍受伸手可及的侵犯，彼此没有秘密，间隔不到二十公分，这样一来，只要邻桌盯着你看，你就彻底暴露了，再也没有隐私了。我走进去，找到第三张，也就是小马医生的桌子，金鱼缸亮闪闪的，缸里的水儿近透明。小金鱼尾巴蓬松撒开，像梦游者的标本。此时，它也许已进入深度睡眠，以一种舒展的姿态悬浮不动。可它的眼珠，我凑近了仔细看，仍滚圆地鼓出来，像瞪着你，又像瞪着你身后的黑暗。我看了很久，不知它还能不能醒来。这种悬浮让我意识到我们正处于静止的某一刻；如果时间只是点和面的结合体，那么，此时也许最趋近无效的衰败，一种非时间，一种时间之外的时间，一种不存在。

它将我的目光无意义地聚拢，除了针尖般的停顿、消散，一无所有。我觉得自己变成金鱼，进入鱼缸，陷入虚无。身后响起脚步声，我回过头，小马医生吓了一跳，哟，你？还不睡？我说睡不着啊。病房里两个小子，一个打鼾，一个说梦话。她笑了，说那也该睡了。我说，伟大的小马医生又值夜班？是啊，没办法，就像这条鱼。我说，像金鱼是什么意思？没什么意思。我说你的意思是，伟大的小马医生睡着了也睁着眼睛？天哪，你睁着眼睛睡觉？她笑了，笑声很大。她的马尾辫长而蓬松，的确像金鱼尾巴。椭圆脸略显苍白，嘴角一粒极小的粉刺；两眼又黑又亮，让你觉得你没有秘密，或者说，你很想把秘密都讲出来。为什么总是你呢，为什么总是你值夜班？实习医生呗，肛肠科人手本来就少，加我才五个。哦，万恶的医院啊。我看看金鱼。它似乎醒了，慢慢绕着水草转圈，动作迟钝晕厥，像武侠电影里的升格慢镜头。我说我喜欢你的金鱼，要不，你送我？做梦，她说，你胆子真大，敢向医生要东西。我说对不起啊小马医生，我真是吃了豹子胆。她说，我像它的意思是，我们都守着巴掌大的地盘，出不去啦。我说，不正是你想要的吗，你毕业了肯定来报到嘛，我们很多人，都要感激你，也会记得你，因为你用你精湛的医术为我们每一个人换过药。行啦，你该睡啦。她说。我看着她，深夜的小马疲倦而妩媚。长长的白大褂让这种妩媚有增无减。她看我的目光略显沉重，也透着严肃。我说我睡不着，咱接着聊呗。聊什么？她看着金鱼，弯下腰，身上有轻柔的暖香。我听你口音，不是K城人。不是。你像是，长江边上的。我说。哟，厉害呀。安徽，我老家芜湖。哇，赵薇的老乡！她不屑地笑了，都这么说。你呢，K城人？是，我说，三代老K城。她又笑了，杜上啊，你不觉得我们没话找话？不觉得，我说，天底下的话不都是现蒸现卖吗。你上夜班挣多少？你干吗问这个？问问呗。少，很少，她坦诚地说，一个月，三千出头。我暗暗吃惊。房租都付不起啦，学医之前，我想学什么你知道吗，工程造价。要是当初学了这个，现在不愁吃穿。你看，房地产多赚钱。就是，我赞同。之后我们聊了园艺、小吃、宠物以及安徽和云南。她又问一遍，你还不想睡？我说我睡不着，陪伟大的小马医生值夜班是我的荣幸。她说不用你陪，怎么能让病人陪？我问她我们这个病怎么来的，她说，很多疾病是一个谜。既然上帝给的，就没法解释。比如很多人吃得很差，也不讲卫生，可一辈子没病，更不会得一次肛周脓肿；有的人呢，比如你吧，肯定注意吃的喝的，注意个人卫生，可它说来就来，毫无道理可讲。我说，按你的意思，我们只管随便活着呗，反正上帝他老人家自有安排。她说，差不多吧，就像我的工作，我那么大老远来K城念书、实习，每月还挣三千多，够不错了，很多人，我的同学，哪有这么好的命？我弟弟，三岁就死了。突然高烧，五天后送医院就不行了。比起他来，你说我多幸运。我没吭声。气氛忽然有些沉重。她问我说，你没经历过这些？你们家里人，或者，至亲、朋友，突然就——小舅，我说，和我感情最好的小舅，一场心肌梗死就走了……这个话题太沉重，我不想讲下去，仿佛我们现在还活着得益于亡故亲人的巨大馈赠。小马忽然在我肩上一拍，我早就想开了，她说，还有另一个世界，我的小弟，你的小舅，他们一定在那个世界里好好活着。死亡不是终结，是另一种开始。你说呢？她两眼闪亮。有一点你必须相信，他们的灵魂是美的，干干净净的。你信吗？我说，你的意思是，天堂？是的，天堂，或者类似的地方。那么，你毕业以后……？嗯，能不能当个医生你哪儿知道啊。为什么？刘主任不要你？这么说吧，你应该当个医生，可你不知道当了医生是否万事大吉。比如现在，每天上夜班，太累了。我今天给七十八个病人上了药。就我和小吕医生。对，那个男医生。就我们俩。累坏了。将来我是不是还要值夜班，而且是唯一的夜班医生……这是你想要的吗，是吗？她问自己。我觉得我该壮起胆子抱抱她，抱抱这个累坏的姑娘。她站着，斜靠办公桌，两手揣在兜里。我不知道。她摇摇头。工作，累。反反复复的那种——什么，到底是什么，我说不清。我看着她，似乎知道她想表达什么，又不十分清楚她要表达什么。我们活着，很多意外、麻烦是摆脱不掉的，除非你永久消失。杜上，很可能你会复发。哦，不是你真会复发，我的意思是，总有这样的概率，虽然概率很低，不超过百分之二十。我说，我懂你意思。那就好，我的意思是，未来无非这样，无非和今天一模一样。问题是，我说，你是学医的，你的理想，不就是进入医院？每天上药、手术，再一步一步往上走？她没吭声。沉默延宕了很久。外面非常安静，你都能听见小冯磨牙小李打鼾了。我们刘主任每周上两次班，她说，其余时间没人知道她在哪儿。她在哪儿重要吗？不重要。她被什么私立医院聘用了？挣外快了？她在家？做饭带孩子陪老人？嗯，扯远了。我的意思是，就算你当上刘医生，你可能又回到了原点。原点？嗯，医院需要又不太需要主任，一来有的手术非他们不可，二来年轻优秀的医生从来不缺。小马陷入沉思，疲乏地摇摇头，换种说法，主任们的意义是医院制造的，一旦你离开医院……我这么说，很虚幻？我不置可否。这就好比，我每天值夜班，到底是必须的，还是虚幻的？所有工作终将指向医院。一旦你加入医院，成为它的一分子，你就会成为虚幻的一部分；而在此过程中，你抗拒不了它，不会认为它是虚幻的，虽然它就是虚幻的。我说，你想得太复杂了，我有点晕。你就把它当你挣钱糊口的东西呗。她说，如果什么也不想，当医生还有什么意义？我叹口气，不仅屁股疼，脑瓜子也疼。好吧，你到底喜欢还是不喜欢这个职业？她脱口而出，我认为我是喜欢的。那就行了，我说，足够了。她不再说话。我感到压抑。黑暗中的气息沉得像铁。我说，小冯很喜欢你哦。她扑哧笑了，很不屑地说，他呀，一个小屁孩。我笑着告辞，伸手握了握她的手，她没拒绝。我有点得寸进尺，轻轻揽了揽她的肩。她身体像石头一样蹦起来。喂喂喂，杜上！她满脸通红。我缩回手，说凡事悠着点，工作是干不完的。金鱼仍悬在水中，纯净透明的悬置就像此刻。她忽然提高嗓门，睡觉去睡觉去，一大早还换药呢。我说好的，好的，晚安了，小马医生。

一早，来势汹汹的大便差点要了我的命。我坐在马桶上，像经历新的死亡。没有麻醉，没人帮你，疼痛撕开肛门，洞穿直肠、睾丸乃至两肺。我像在拉玻璃碴子。粪便，人每天的排泄物变成超级折磨，一种残暴的刑罚，一种赤裸裸的摧毁。以前我从没考虑过肛门的感受——你只要粗暴强硬地解决粪便就够了，这个人体最卑贱的小器官必须默默承受；我们只管口腹之乐，谁在乎它啊。我想深究肛门的忍耐力，哪里是极限。最后我得出结论，肛门虽小，却也无限大，它是人体的最后一扇门，它被你忽视得太久也太狠了，上帝就用痔疮脓肿肛瘘把它和天堂之门一起关上了，你悔之晚矣。拉完屎后，我用湿纸巾小心清理肛门。我疼得咬牙切齿，眼泪窝囊地夺眶而出。然后我一瘸一拐去了冲洗室，很多人排队等着。半小时后，护士记下你的床号，告诉你哪一扇布帘子后面没人。你走进去，放下门帘，坐到一个电子马桶上。护士走进来，帮你摁下按钮。一小股掺过药物的温水开始冲刷肛门和伤口，不很疼，但绝不舒坦。十五分钟后，你走进隔壁，找空床躺下。护士命你脱开裤子，用换药时的姿势背对她，她将一盏紫外线烤灯拉低，直射肛门。这种时候，你才感到一丝清凉，仿佛某种杂质被过滤了，你彻底放松下来，暂时忘掉你是个病人。但离墙太近了，你能闻见石灰的呛味。隔壁响起一个女人打电话的声音，无非抱怨丈夫为什么不送吃的来。我想起苏粒，意识到治疗室信号很好。女人的声音近在咫尺，像埋怨，又像撒娇。二十分钟后，小小的红外设备发出嘀嘀叫声，灯光骤灭。我起身，系上裤子。里面空荡荡的，什么也没穿。我经过女人的小隔间，门帘紧闭。我不由自主产生了不良的联想，于是老二稍稍有些反应，像一支快熄的香烟微微亮了一下。我拖着步子，回到病房。大头小李不在。冯戈脸色铁青，抬头看我一眼，举起手中的小本子。

情况不妙，他说。我问他什么情况不妙。他问我用没用上中华一号，我说，没有，药够多啦。他让我掏出三黄膏，可怕的事情发生了：医院自产药膏居然和中华一号极其相似。我拧开它们，闻见一模一样的薄荷味。小冯说，看出来了？什么？我说。杜哥你咋混的，两种东西，就是一种东西。真的？对，中华一号就是三黄膏，反过来，也一样。我看着他，你的意思是？哈哈，杜哥，知道我是做什么的了？我摇头。他说他入行三年多，差不多搭上一条命。我不太懂他的意思，忽然感到莫名惊悚。他凑过来，坐在我床边，我给你看看相吧。你会看相？手，给我左手。他抓住我左手。他的手又湿又热，出了太多汗。我像被一条热毛巾捂住了。他看了半天，说，杜哥啊，你有桃花运哪。我说别他妈废话，都残废了，还桃花运。真的，他握紧我，又松开，目光有些猥琐。你凌晨4点多才回？去了医生办公室？我操，我有点生气了。我去哪儿不用向你汇报吧？小冯笑嘻嘻的，杜哥，我的意思是，你玩出了桃花运，都写在手上咯。我说，何以见得？他说，我吃的就是这碗饭哪。你不是一般人。我说，我哪不是一般人？我就一个中年油腻男。他又拽过我右手，问我是不是想跳槽又不敢。我说谁不想呢，谁又有胆子呢。他说，你右手掌隐约可见青龙，绝非好事，也绝非坏事。我说你这话等于白说。他说，我的意思是，你两头未落实处，只好暂且悬空，见龙在田啊。最好的破解之道，莫如暂避。什么意思？我的意思是，杜哥啊，你这次病得很是时候，正好思考一下未来。我说，你净废话。他说，凡事，当机立断。是吗？那是，你看我中华一号不就——他忽然不说了，念叨今天该结账了，不知是赚是赔。就像炒股？对，就像炒股。我半信半疑。这小子没准是个江湖骗子，病房里没网络，他怎么知道是赚是赔？他一眼把我看穿了，我有联通卡呀，他说。我说奇了怪了，你每天的内容和我们一模一样啊，我们疼得想死，你小子却把钱赚了。小冯一脸坏笑，总之，你就要交桃花运了，不信走着瞧。我说，怎么可能，一个屁股上带窟窿的中年老男人，怎么可能。哈哈，小冯在病房里走来走去。你错了杜哥，老男人的手段，那可是我们这些愣头青望尘莫及的。你们太老练了，要命的是，你们很少失手。你太高看我了，小冯，我从来不是你想的那种——哪种？不对啊，你自己不是说过，小马医生对你有意思？是说过，可我太嫩了，现在的姑娘，哪个喜欢嫩瓜？是吗？绝对，你相信我。我看着他，说，你对我有意见？没意见没意见。周瑜打黄盖嘛，哪敢有意见。小冯的醋劲儿明显写在脸上，可他调转枪头。我见过嫂子了，漂亮，气质好，杜哥你牛逼。她今天不来？我没吭声，不想再聊下去。小冯使劲挥手，像要把什么东西赶跑，说他真羡慕我和小李，有人关心有人疼，不像他，死了都没人收尸。我说你小子满嘴胡话，我半辈子挣的钱还没你一年挣得多，还不满意？小冯呵呵傻笑，说杜哥你这就不地道了，你是过来人，饱汉不知饿汉饥呀。不过，男人嘛，赚了钱，还愁女人？哈，到时候结不结婚就不一定了，很多麻烦也省了。对，我打断他，说得好。结婚制度早该废了，他说，应该按需分配：按照财富、地位分配伴侣，不满意了随时换掉，也就是说，有钱就娶漂亮的。什么地方保证更换？当然是替换公司，专门为你替换老婆，甚至安排换妻服务，只要双方同意，换呗，要是怕吃亏，补差价嘛，这样一来，各取所需，各有所得，大家都满意。对吧杜哥？两个早就互相看不顺眼的夫妻何必像两条狗一样拴在一起！我说，你的意思，婚姻违背人性？不，违背经济规律——效益优先嘛。如果让效益在婚姻中流动起来，什么好赖搭配啦，婆媳关系啦，家务分担啦，互相厌倦啦，都不存在了，换句话说，就是让婚姻资源流动起来。流动，才见效益，有效益，才是合理的制度嘛。你说呢杜哥？将来，我就想开一家婚姻替换公司，帮助夫妻们随便挑随便换。肯定是全世界最大的生意。我操，你想想，中国几十亿人口，多大的市场……我没法回答。我惊叹于他的想象，又觉得他幼稚得吓人。他呆呆地看着我，可是，杜哥，眼下，如果你碰上完美的结婚对象，你还会在乎钱？在乎吗？我说。他愣了一下，哈哈大笑，走走走，吃饭。他走后，窗外下起毛毛雨，我一步一步挪到楼下食堂买了饭菜，又一步一步挪回来。肩膀湿漉漉染了一层薄雨，像沾了一身冰凉的绒毛。回到病房你才感到安全，一种回家的安全。可我不想家，一点也不想，甚至，也不太想苏粒。吃饭前，我找个地方给公司负责人打了电话，说我也许住院半月甚至更久。他让我好好养病，说就算裁员也裁不到我头上，有小屁孩顶着呢。他们啊，一塌糊涂，还是你们老人靠谱。我说谢谢，你这么说，我就放心了。他一声长叹，说今年裁员率达百分之三十五，细思极恐哪，当你回到办公室，很可能一个熟人也没有了。我没吭声。没一个熟人不好吗？多他妈好啊。最重要的是，工作还攥在你手里，你还能继续养活自己。

苏粒没来，也没有电话。好在我已经适应肛肠科一号病房3号床，适应了疼痛及疼痛之后的百无聊赖。才第三天，你似乎已经来了很久。夜里大头小李继续打鼾。外面走廊忽然响起咔嗒咔嗒的脚步声，很快在门口停下。是的，就在我们病房门口。我眼瞅着一条影子猫腰进来，逼近小李。我明知故问，哪个？小小压低声音，嘘，杜哥，我呀。我不再吭声。她轻佻地笑着爬上小李床脚，钻进被窝。病床太小，翻身都费劲，两个成人同睡的难度可想而知。小李鼾声停了，拖拖拉拉为小女友挪了挪地方。我不知道他们会不会当着我和小冯的面做爱。小冯毫无反应。我扭头面对墙，听见小小抱怨地盘太小了。小李嗔怒说，你他妈不回家，要干哪样？小小娇声说，我不想回家嘛，就不想回家。操。我心里暗骂，穿好衣裤下床，开门出去。楼道天花板上，几只昏黄的梨形灯泡等距离排列。我经过三间病房，听见鼾声、梦话声、磨牙声。希望小马医生仍在加班加点。两天来没见刘医生。小马医生说过，她很少来，肛肠科的工作流程自会维护其运转。我都想不起她长什么样了，也差不多忘了她的声音。总体说来对我宽容而温和，手术也必然做得漂亮，这一点我是有信心的。办公室敞着门，小马医生果然坐在桌前。见我进来，她皱了皱眉，又是你啊？你好啊伟大的小马医生，我睡不着。她冲我撇撇嘴，要我开安定吗？不用不用，谢谢。我没告诉她病房溜进一位熟悉的不速之客。按医院规定，擅自留宿要重罚，好在医生护士大多睁一眼闭一眼。就拿苏粒来说吧，如果她夜里跑来，跟我挤一张比邮票还小的床，我一定激动不已。我会把大半张床都让给她。哪怕我睡床下，睡在冰冷的水泥地板上，和尿壶做伴。你确定？什么？安定。哦，不用。电脑关着，她面前是一部厚厚的医学专著，《肛肠病理学》，云南科技出版社出版。我说都一点多了，你还看书？她说，下周考试啦。这么说，你要离开两天？她看着我，半天，实际上只考半天。我在她对面坐下，将小金鱼缸拽过来。金鱼来回游弋，像放大的壁钟指针一样循环往复，没完没了。其余几张办公桌上养着芦荟、仙人掌和文竹。这地方太小太挤了，很难想象上班高峰期十几号医生、实习生像候诊病人一样挤作一堆。这么说，你还是想来这里上班？谁不想？你上次不是说——说什么了？早忘了。她情绪不高。也许挨骂了，也许累了。要是考不过呢？乌鸦嘴！我说，我当年高考，你猜我数学多少？满分150。她摇头。我说，34分。什么概念，我杜上豪取34分！小马哈哈大笑，你牛啊，真牛！她的气息干净清爽，其侧面宛若柔滑的金属。我忽然凑过去，飞速亲了亲她的脸。她惊呆了，急剧的错愕中带着委屈和愤怒，两只眼睛，两只淡褐色瞳孔猛然放大，喷射着谴责或更进一步的渴求。总之，我没停下来，一只手揽住她没有多少脂肪的腰，心跳快得不能再快，一种久违的饥渴把体内某条线路熔断了。沉寂持续数秒，也许很长。总之我没让她进一步反抗就抱住她，用力吻她，舌头撬开牙关，送进去，死死缠住她的。我觉得我没冒犯她，也许不得不这么对她。小马慌乱后退，直到把我推开。我继续向前，让她无处可躲，另一只手攀上她结实的胸。她此时挺拔、圣洁、娇羞、滚烫、颤栗、愤怒。我终于松开。我们出现小小的凝固和停顿，然后她叹息着，泪水冲出眼眶。我吓坏了，想说点什么。她向后退去，响起惊骇的爆裂——金鱼缸摔在地上，碎玻璃掀起水花，在我们脚下飞溅。

我喘不上气，瞪着一小片水和水中的金鱼。我记得她叫出来了，为她的金鱼叫出来了。随后她找来一只塑料瓶，剪掉半拉，小心翼翼把它捧进去，直奔盥洗间。我们回来的时候，小冯，也就是我的病友冯戈，跷着二郎腿坐在小马的椅子上，看看我，又看看小马，拉长声音说，我就说嘛，杜哥，你要交桃花运咯。你看，分毫不差。

其实小冯的条件不算苛刻——鉴于实习医生小马的处方权，每月开出一千支中华一号易如反掌，何况绝大多数病人都在用，所以没什么风险。明明是三黄膏啊，不是中华一号，小马说。完全正确，小马医生。小冯站在水渍晶莹的水泥地上，宽薄的病号服罩住他，像一条货真价实的影子。我听见他口袋里的钞票声，哗啦，哗啦。我二十来岁至今在记者、广告、发行几个行当里漂泊，那点穷愁潦倒的资历（积蓄）根本拿不出手，比他差远了。我拿性命保证，你开出去的药就是三黄软膏，不是中华一号。他说，对一小摊积水和半拉塑料瓶里惶恐的金鱼毫不理睬。我和小马医生把地上收拾干净。我们起身时，小冯消失了。我十分惊讶，怀疑这家伙是否真的来过，难道是我兴奋过度、大脑缺氧的幻象？小马一声叹息，不再说话。我渐渐意识到这次生病住院最惊悚的时刻，不是躺在手术台上被麻醉被开刀，而是，现在。我们似乎突然丧失了交流功能。刚刚建立的一点联系被肢解了。是我摧毁了它。我不知道怎么办。我这个不知廉耻的杂种。她拨弄一支碳素笔，似乎在掂量小冯的建议：用它开出药方，写下她再熟悉不过的肛肠科长期使用的药物名字。是啊，有什么区别？难道，此前开出去的都是小冯的产品？如果不是，又何必沿用惯例？你咋想？我半天才开口。小马趴在桌上，说，你回去睡吧。你呢？她一声不吭，拒我千里之外。我捂着脸，说，对不起，小马医生。我挪出办公室，回头看她时，她仍将脸搭在桌上，两眼直视金鱼。一小束白光将她照得金黄通透。我返回病房。屋内漆黑，上了床才慢慢适应。小冯就躺在床上，冲我“嘿”了一声。我没回答。他忽然将手机屏幕对准自己，一束蓝光从下往上，把他干瘪的脸照得如同鬼怪。我叫了一声，他嘻嘻冷笑。我背过身，拽起被子，蒙住头。他的笑声和大头小李及其女友的鼾声交织起来。今夜注定失眠了。我浑身冒汗，后半夜起来撒尿，竭力忍住再去医生办公室的冲动。外面静得可怕，连滴水声也没有。一片灯光趴在墙上。我隐约看见星星、电线杆子和老式房顶，瓦片又厚又重，像铅铸的铠甲。我幻想燕子，又想起金鱼，不知它能否熬过今夜。鱼在这么小的空间很难呼吸顺畅，除非你给它换一只更大的鱼缸。我想好了，天亮就上花鸟市场买一只鱼缸，一只比从前那只更好的鱼缸。她会喜欢的。会的。

清晨的空气干冽寒冷。我一步一步挨到楼下。门前有一小溜卖稀饭、包子、烧饵块的小摊；小贩们天不亮就踩着三轮车赶过来，六七个摊点大大方便了住院部的病人、医生和护士。很多人，很多和我一样的病号顶着寒风，缩紧脖子，叫嚷着一碗稀饭两个包子一只饵块两根油条。街上热气腾腾，太阳刺透晨雾，光滑的青石板像泼过热油。我买了两个包子、 杯皮蛋瘦肉粥，径直往北。我走得相当慢，你知道的，疼痛和术后亏虚让我每走一步都很吃力。好在花鸟市场早已开门，我在第三家店铺买到一只六寸的玻璃鱼缸，够大了。返回途中，我把包子吃了，粥也喝个精光。我想好了，一旦金鱼出了问题我就再买一条，和原来那条一模一样。远远看见一众小贩一哄而起，收拾摊子，跨上三轮，豕突狼奔。光华街口出现城管的影子，把热气腾腾的清晨彻底毁了。我低下脑袋，转身踅进楼道，上电梯，四楼，肛肠科。几分钟后，再也听不见街上的喧嚣了，只有熟悉的药水味药膏味（中华一号！），早起排队冲洗的病人在楼道里缓慢挪动。护士的喊叫声、病人的回答声、护工的哗哗声夹缠不清；几个病人坐在过道椅子上吃着家属带来的米线面条、饺子稀饭。我还没到门口，只见七八个护士医生呼啦啦冲向医生办公室。他们白得晃眼，像一群白色大鸟。我呆了片刻，抱着鱼缸追上去，已经顾不上剧痛。冲到门口，很多医生正把病人一个个赶出来。可我已经看见了，地上躺着一个人。我下意识知道是谁，发生了什么。他们把门关上。我听见里面乱糟糟的，他们正给急诊科打电话。我靠在走廊上，面前有一摊病人扔下的稀饭。我看着两脚，疼痛似乎消失了。急诊科医生赶来后封锁了办公室，病人被一个个驱散。几分钟后，他们将小马抬上担架。我看见一个秃头男医生脸色铁青，另一个女医生冲他大声说，你们科？他说，先抬走！半小时后，我们听说小马死于药物过量。到底什么药，没有确切消息。我买鱼缸的时候只要回头，只要往四楼医生办公室里仔细看，就能看见她。一定能看见她。可我没看。我没往四楼看上一眼。我看着手里空荡荡的鱼缸。人群渐渐散去。我听见大头小李在身后叫我，咋还不冲洗？他满脸笑容，像什么也没发生。我没回答。他凑近我，说小小刚走，下午再来。我一声不吭。他说，她这个大老板千金真他妈舒服，想来来，想走走。嘿，杜哥，你捧个金鱼缸干哪样？我摇头。他说，你没睡好？我还是摇头。他说，不好意思啊，这小娘们儿缠人，我也没办法。我他妈要吃肾宝啦。我还是摇摇头。我想好了，我不打算工作了，她们家在瑞士琉森湖边有别墅。我操。我们飞过去，生几个大胖儿子。哦，我说。我想好了，我想了一夜。没哪样是真的，只有儿子是真的。你说呢杜哥？我还是没吭声。他离开我，去了冲洗室。我这才发现我下面伤口撕开了，一小摊黏糊糊的东西正从睾丸流过，向外渗透。我伸手摸了摸，颜色寡白淡红。我站起来，肛门钻心地疼。比上药还疼。我继续等着。医生办公室总算开门了，我冲里面一个姑娘说，麻烦你，小马医生的金鱼——啊？她说。桌上！没有哇，哪有什么金鱼？我站在门前张望，白书桌上果然一无所有。半只临时鱼缸不见了。金鱼不见了。直到中午，我才从拉斯普京小子口中得知（当然，我塞了一条红塔山），小马医生已有三四个月身孕。哪瞒得过急诊科的眼睛哪，所以——所以什么？我说。不好讲啊，这种事情，操！之后，他把我拉进换药室，耐心地为我换药，一面啧啧叹气，说你刚愈合，又开了。我说，不重要了。

不重要？什么才重要？操！孩子，谁的？他低声说，你少打听。虽然是实习医生，那也是医生。这种事情，开不得玩笑。你绝对绝对不能走漏风声。我看着他，说，她很想留下来，留在肛肠科。是吗？你咋知道？我没吭声，嘴唇上还有她温暖柔嫩的气息，淡如新鲜树叶的暖香。我浑身颤抖，不知是否该找到他们大声坦白，如果一个中年老杂种不那么卑劣莽撞好色无耻，有大好前途的小马医生就不会死。

晚上苏粒来了，说她发展了几个大客户，最重要的是，她清了清嗓子，分店即将开到韩国，那边找了几个人手，韩语相当好。我一声不吭，不做任何评价。她说，你好像不太高兴。我说我很高兴。她看着我。我们忙活了大半年，她说，多不容易。我说是啊，不容易。她说你就是不太高兴。我说没有，我没有不高兴，贵公司非常了不起。听说医院今天死人了？她忽然说。是的。好事不出门，坏事传千里啊。你们肛肠科的？我没回答。她不再问了。过了片刻，我以为她已经忘了，她又问，男的女的？我说，女的。哦，她说。我们对坐着，不再说话。大头小李及其女友进来待了几分钟就钻进卫生间。苏粒听到动静，满脸通红，说她该走了。我把她送到楼梯口，按了按她丰满的屁股。她躲开了。你什么意思？我说。你刚手术，她说。你到底什么意思，苏粒？我不由分说将她压在过道墙上。四周光线很暗，她的香气让我愤怒而冲动，想就地把她操了。对，就这里。可她把我重重搡开，一脸厌恶。苏粒，你他妈的，你真他妈的——她喘着气说，自己解决呗。我说，我疼哪。她说，就是，那还不老实？我说，你让我怎么老实？想当年，我们光天化日也敢在小花园里脱裤子，现在老实了？是你烦我了，还是你饱汉子不知饿汉子饥？她冷冷看我，大步往楼下走去，高跟鞋啪嗒啪嗒响。她消失之前，我大喊，明天来吗？她挥了挥手，出差。至于去哪里，她一个字没说。我呆站片刻，折回病房，小冯无影无踪。我找了一圈也没找到他。我想揍他，狠狠揍他，或直接将他捅给医院，告诉拉斯普京小子和刘医生，告诉他们，我病房里住着一个魔鬼，一个卑劣的杂种。但是没有拉斯普京小子，没有刘医生。我像无头苍蝇一样乱转，来回奔了一圈又一圈，直到伤口剧痛才返回病房躺下。冯戈来了，吹着口哨，手里提拎着东西。我怒目而视。他将手里几件营养品放下，说这是买给小马医生家属的。家属？我说。是啊，今天不到明天到。作为她的病人，我们——去你妈的！我挥拳打去，他巧妙躲开了，说杜哥你咋打人呢。我破口大骂。他跳到门口，微微一笑，又满脸悲怆地说，杜哥，我只想帮她。她那点工资，房租都交不起啦，我咋知道她——我冲他啐唾沫，他闪身避开，说杜哥你冷静啊，院方都不清楚孩子亲爹是哪个，你又——放你妈狗屁！——杜哥，这是医院，是她毕业工作的地方——我强压怒火。你知道孩子亲爹？不知道。再说，还重要吗？我发现我根本揍不了他。更何况，我哪有本事揍他。他年轻，屁股上的窟窿也差不多好了。是我害了小马。是我。但小冯话里话外劝我，我不是压死小马的最后一根稻草，绝对不是。我该信他？放松，杜哥，你放松。你病还没好，我的病，也还没好。我们还在治疗，疑神疑鬼只会加重病情。他凑近我，语重心长地说，世上哪有那么多罪？你挑在肩上，不报废才怪。我仍不说话，脑子一片空白。说真的杜哥，我二进宫啊，认得医院咋回事。烂透了。就像我们屁股上的脓疮，烂透了。医生和医生没有区别，医院和医院也几乎一样。唯一的区别嘛，只在于生意好坏，不在于医生和病人的好坏。不信，如果这次你住的是别的医院，不也一样？不也要剜掉你屁股上的脓疮，每天给你换药清洗照射？不都是这些套路？ 我惊讶地看着小冯。他在病房里踱步，似乎在丈量房间大小。杜哥，你觉得我们是病人？我十分茫然。他笑着说，其实不然，病人的病比起医院和医生的病算哪样？他盯着我，杜哥，哪有医生像我们这么清醒的？哪有我们这样完全清楚自己在干哪样或想干哪样的。比如你，每晚跑医生办公室；我呢，生意一单接一单；他呢，小李，这个杂种，生猛得就像专门配种的大公狗。我说不出话，不知如何反驳。我认得你内疚，可要我说，她自己都搞不清她肚子里的孩子是哪个的，自己都不清楚要当医生还是回老家，自己都搞不清楚学了五年的临床医学到底有用还是没用，咋可能怨你？咋可能因为你那点小冲动就怨你？高兴还来不及哪杜哥。女人嘛！我上次来，她就是实习医生了，她的指导医生不是刘主任，是另一个老家伙，半年前刚退。你懂我意思？我打断她，可是，她死了，死了！小冯意味深长地看着我。外面极其安静，病区似乎遭到小马之死的摧毁。杜哥啊，死个把人，对医院来说算哪样？你说，最常发生死亡的地方是哪里？除了医院，还能是哪里？你四十老几了吧？这点道理，你比我懂。你在一个最常碰见死亡的地方恰巧撞见一起死亡，巧合的是死者你不仅认识，而且通过两三天的相处，你们非常熟，不一般的熟。那又咋样？死了就是死了。她的死也是这个最常碰见死亡之地的最常见的案例，注意，是案例，连事故都谈不上。她是死了，要是换作其他人、其他部门，照样会死。你同意吗？医院嘛，每天死十个八个的很正常。我，你，我们跟这起死亡一点关系也没有。莫自作多情了杜哥，你以为你谁啊，你只是个病人，只是一个肛肠科病人，只是一个屁股上带着窟窿、拉屎疼得要命的病人，此外你哪样也不是。千万不要浪漫自己的治疗，太无聊了。对，无聊，都是因为你无聊。你无聊得要死。你的无聊都渗入骨髓了。你要连这一点都想不明白，碰上个把自杀就苦大仇深的，后半辈子还咋活呀！

黄昏，我想给苏粒打个电话，但是手机早没电了。我懒得充电，也就再没兴致打这个电话。何况，我说过，打不打没有本质区别。也许她又出差了，也许刚下飞机，刚进酒店，累得像狗一样。我断定她不想接我电话，所以没给她打过一次电话。我去正义路找到一家老店，慢慢吃完一碗焖肉米线，味道还好，可也说不上多好。回到病房时小冯不在，厕所门又顶住了。小李女友的红色小包撂在床头。我躺下来，找来找去也没找见那本《家具油漆技术》。它消失了。床下没有，枕头下没有，床头柜里也没有。我猜是护工把它当垃圾处理了。我忽然焦躁不安，担心我放在厕所洗手池上的金鱼缸，准备送给小马医生的金鱼缸也被清理了。我只好使劲敲门。小李闷声说，哪个？我说，我。咋了杜哥？你出来，出来。等一下，五分钟。出来！我大嚷。好好好，马上。但迟迟没动静。我说再不出来我就闯进去了。马上马上马上。门终于打开，厕所里一股骚味。小小背对我，小李拽着裤带斜眼瞅我。我直奔洗手池，没有鱼缸。下面也没有。马桶后面、前面，他们用过的手纸篓里，哪也没有。小李说，你找哪样？我没吭声，返身出去。我不清楚是我把它弄丢了，还是被护工清理了。此时小小已收拾得漂漂亮亮，她撬开一瓶菠萝罐头，用小勺舀出来一块果肉，喂他嘴里。小李吃了半口就吐掉了，难吃，我操。小小说，你有病啊，昨天你说想吃菠萝，我屁颠屁颠给你——不想吃，我他妈哪样也不想吃。他们就着一瓶菠萝罐头吵起来。这是两人头一次吵架。我原以为小小对大头小李百依百顺。姑娘一口咬定，小李是不识抬举的狗。小李大怒，抄起小勺扔去。姑娘躲闪不及，正中左脸。她挺起傲人的胸脯，叉腰骂道，狗日的，永远别想吃老娘一口东西。不吃就不吃，滚！好，我走，我操你妈的李唯！她挎起小包往外走，中途弯腰捡起那把小勺子扔回来，小李闪身躲开了。狗日的，你不得好死！

她狠狠砸上门。小李一声冷笑，捡起勺子在胸前擦了擦，舀出糖水菠萝一口吞下，笑嘻嘻地告诉我，法国普罗旺斯产的，贵啊。我问他，小小跑了，你不追？他说追哪样追，明天照样屁颠屁颠回来。她是没得到满足，刚一半呢，你就破门而入了。我向他道歉，他问我找什么，我说，没什么。小李忽然问我，小马医生真是自杀？我没说话。他说，真他妈邪门。医生办公室风水不好？听说去年也死过人，直接从四楼跳下去，砸在青石板上，脑浆迸裂。真的假的？骗你是孙子。我半天没说话。女人，就是贱。你说谁？她呀，刘舒涵呀。小小？就一个字，贱。别这么说，她真走了，你就不会这么说了。她，打死也走不了。我还不了解她?！贱啊，骂不走打不跑。真要是一刀两断，她立马上吊你信吗？他一声长叹，问我恢复得如何。不太好，我说。我也不太好，他说，天天这么操，牲口也耐不住啊。我他妈走路都不行，疼得爆炸。这么下去，我是出不了院了。我说最多半个月，我们应该同时出院。他说他不想出院，也没心思出院，这里很舒服，吃的不错，住的也不错。出去了是找个工作呢，还是吃她软饭？她租的地方够大，但不舒坦，反倒是病房刺激又快活。你想继续住院？可你没病了啊，等你伤口养好，他们不可能再让你住下去。我们真喜欢这里啊，刘舒涵这小娘们儿有的是办法。办法？嗯，种种办法，找找院长、主任什么的。他的表情厌倦又沉迷。已经换了很多地方了，出租房酒店家，她家我家朋友家，车上，电影院，地下车库、垃圾房、配电室、洗衣间、物管工具房，你想到想不到的地方都玩过了，最终，医院才是最棒的，人来人往又足够私密，你觉得有人会闯进来（厕所），又永远不会闯进来，就因为你是病人，就可以大大方方名正言顺地使用厕所。啊哈，杜哥，刺激！你就是操了一匹马也没人管你。我想了想，问他说，知不知道冯戈是干什么的，赚的什么钱？他笑着说，重要吗，冯戈赚哪样钱，是个问题？他就是贩卖军火倒卖毒品我也不关心，我只关心我屁股上的窟窿长没长好。现在更关心的是，能不能继续住下去。我他妈不想出院，要一辈子住这儿就好啦。不考虑工作的问题。永远不想考虑工作问题。你说人活着何必工作？想咋地咋地，只要有人买单嘛。就算我和刘舒涵小娘们儿明天就分了，今天照样该操操，该吃吃，该睡睡。你说呢杜哥？可总有痊愈那天，我打断他，冯戈二进宫都差不多好了。所以啊，小李压低声音，所以冯戈多他妈狡猾，我才不信他二进宫，打死我也不信。我猜，这狗日的拿一把锥子，生生在屁股上扎一个洞。为什么？我操，傻子才想离开这里！

我没想过留下来，从没想过。更没想过自己扎自己一刀，重新住进来。但我不得不信小冯为了重新入住想尽办法。我似乎看见他站在医院最高一层楼顶（十八楼）向下俯瞰，所有犄角旮旯逃不出他那双狼眼，脸上出现诡异的微笑。我毛骨悚然。此后两天，他不知去向，护士查房时我和小李都说不知道他去哪儿了。我隐约有些不安，担心他的消失预示着更大事件的发生。不，天塌下来也跟我没关系，我担心什么？小马医生死了。我吻过的小马医生，死了。玩笑开得太大了。我的作息一成不变：早8点，准时拖着步子挪进冲洗室，坐在电动马桶上接受清洗；然后提起裤子，去隔壁接受紫外线治疗；然后返回病房，发呆，聊会儿天，睡一觉；午饭，返回，继续睡觉发呆；晚饭，挨到黄昏，晚7点半换药，疼得要命，似乎永远也好不了了，刚刚长好的伤口像被重新撕开；冲出脓液，涂抹碘伏，塞进纱布药棉，最后是三黄软膏。中华一号。我操，我们每天用的，是中华一号。新来的换药医生长着一双漏光的大眼，所以你宁可闭起眼来。闭上眼睛必然想起小马。于是，我希望新来的下手重些，再重些。我非常难过，对自己的厌恶像来苏臭味一样浓烈。我问她说，你知道，你给我上的药膏是中华一号吗？什么？她停下来。我当着她的面拽起裤头。她已经看见我老二了，我还是尽量在剧痛中照看好隐私。我又说，如果把中华一号和三黄软膏调换一下——她的目光从我死耗子般的老二上弹开，手中的小钩子叮当抛入不锈钢托盘，高喊，下一个！我走出来。下一个病友是我手术当天躺在另一张床上的女人，是她，直觉告诉我是她。又白又瘦，头发梳在两侧，发缝有些大。她冲我点点头，我也冲她点点头，我们擦身而过。我老二被伤口的剧痛振得蹦了三下。回到病房，冯戈不在。大头小李也不在。我以为他和小小又去了厕所，但厕所空着。我进入走廊。此时走廊格外暗淡，有什么东西在黑暗深处晃来晃去，冷风呼啸，像野猫的嚎哭。我顺时针由西往东，经过熟得不能再熟的五间病房以及长椅上几张熟悉的脸。他们面无表情，像我一样不清楚什么时候才能出去，窟窿何时才能长好。太漫长了，也太艰难了。我碰见一个年轻女人——其实是错觉，她不年轻了，少说三十五六，但皮肤很白，眉眼很细，看起来温和平静。我仔细瞧她，她忽然抬头，冲我淡淡一笑。我的心怦怦直跳，这是入院以来除小马之外的第一张笑脸，我早就对麻木痛苦的表情习以为常了。她何必对我笑？我们认识？不认识？我想不明白。我没笑。我居然没还她一个微笑。我来到医生办公室，恍然看见小马桌前有人端坐，背影一模一样。我差点叫出来。凑近了仔细看，不是她，不是。她比小马高挑丰满。我刚要走，她扭头说，杜上？我看得清清楚楚，不是换药的实习医生。我似乎见过。她非常漂亮，远超小马，超过所有女医生，一种端庄成熟之美。我忽然觉得口渴。嘿，你忘了谁给你做的手术？我恍然大悟，低声说，刘医生，您好。恢复得还好？她皮肤又白又细，气质挺拔优雅。不太好，每天，伤口好像又撕开了。你想多啦，伤口每天都以百分之十的速度愈合，你要相信医生。不是不相信，而是——我没说下去，并不清楚我想表达什么。她说，你怎么恍恍惚惚的，进来坐会儿？我走进去，望着小马的桌子。它空空荡荡，没有金鱼缸，没有金鱼。我问她，你记得我是杜上？她微微一笑，说，哪记得住啊，是小马在一张处方笺上写过你的名字，3床，杜上。她看着我。我一眼就认出你了。哦，小马医生。我极其紧张，小马，小马跟我没半点关系。她淡淡一笑，可惜，太可惜啦。是啊，那么——我又说不出话来。任何言辞纯属多余。她死了。她已经死了。刘医生看着我，你别紧张，我们调看过办公室监控录像——什么？我觉得轻飘飘的，两脚并未踩在水泥地上。我低下头，眼泪涌出来。刘医生，我——都是过来人，她说，我理解。我说，我没做什么啊，我能做什么？我一个病人——她打断我，小马的事情，不提了，再也不提了。也不提冯戈，好吗？我瞅着她，像傻子一样瞅着。什么也不提啦。忘了那天，彻底忘掉。我说不出话。她感慨说她早不想干了，但活到这把年纪，总不能像小马一样两眼一闭，撒手不管。你不知道她给家人带来多大痛苦，她说，我们做了一天一夜的工作才把他们劝回安徽。她忽然一声长叹，我讨厌这里，讨厌呛人的药膏味。但是没办法，我是主任。我使劲点头，您不必每天都来？错了，我每天都来，只不过你没看见。这么说吧，买一根棉签你也得签字，你是很难躲开的。就算偶尔没来医院，我也会写总结，写病历，再布置每个医生（包括实习医生）的下一周工作内容，检查他们上一周的工作是否有疏漏。就算偶尔闲下来，我会到医院教学中心去，有几十个上百个等待毕业的学生等着我……唉，一旦你疏忽大意——她的手指在桌面上来回抚摸，将一页处方笺反复抹平。它够平的了，像镜子一样光亮——后果不堪设想。就像，就像——悬崖？对对，悬崖。从悬崖上，摔下去。我没说话。你们的病，是心病，是你们对自己的身体过度关注引起的，这样一来，你们对药物和医生的依赖，就慢慢变成一种疾患。所以，有时候，也许我们什么也没干，是你们渐渐自愈了。因为你们的自信没有了。没有自信反而有利于恢复。这就好比，我没有自信，反而能激励我放开手脚好好干。你懂我意思吗？当一个人失去某种东西，比如希望，你反倒自由了。有句话怎么说来着，不争者，天下莫与之争？她的话让我手心出汗，两只脚也在冒汗。我听见她长叹一声，结束了长篇大论，给我倒了一杯水。忘记这些破事吧，杜上。下次见面，我们聊点别的，聊点开心的。好吗？

我想找到金鱼缸，它是我和小马之间唯一的联系。我明明可以忘掉，像刘医生所说，忘掉。不争，天下莫与之争。最好没什么想法。嗯，我没找到鱼缸，哪儿也没有。清洁工说没见过它，无论办公室还是病房。他们怀疑我脑子出了问题，也许是苏粒引起的——她再没来过，我可能被抛弃了，加上小马之死来得太突然，我一定受了刺激。很大的刺激。我孤零零在走廊里游荡，从黄昏到深夜，从深夜到凌晨。大头小李和小冯继续打鼾磨牙，睡得很死。而我，我似乎报废了，和垃圾没有本质区别。我给公司打了电话，告诉他们我还要治疗很久，他们准了我的假。人事部主管说，等你回来，公司就不是现在的公司了。我问他什么意思，他说，反正你回不回来，干不干活，都不重要了。对公司或对你个人，一点也不重要了。重要的是，安心养病。工资呢？我说。足额发放，你放心，你是公司老人了。我想给苏粒打个电话，最终放弃了。打不打都一样。我不知道这种状态还将持续多久。下午，医生的例行检查不太乐观，他们举着小手电，让我尽量掰开屁股，亮出窟窿，使劲照亮它的内部，给出的意见让我惊慌不安——他们不能理解我的伤口为什么恢复得如此缓慢，甚至，连起码的恢复也谈不上，还有脓液流出，还没长出新肉。真奇怪，这么久了，你干了什么？我说我每天两点一线，跟所有病人一样嘛，吃了睡，睡了吃，然后治疗，然后换药。天天重复，没完没了。喂，我胖了吗？是有一点，一个实习医生说。我走上体重秤，七十一，胖了一公斤。居然胖了一公斤。拉斯普京小子拍拍我的肩膀说，照这样下去不行，你还要住个百八十天的。你是不是，他凑近我的耳朵说，我闻到了他嘴里的酒味，拉屎的时候太用力？我摇摇头。他们走后，冯戈从楼下带回很多烧烤：牛肉串、牛舌、烧豆腐、烧猪脚。嘿，你疯啦？医生说绝不能碰烧烤。我说。他邀请我一起吃，说来来来，我一个人咋吃得完。我说，你真不想出院了？他兴高采烈，说正宗红河烧烤，没事，都他妈医生吓唬人的。再说了，一直住下去才好。一直住这个病房，一直躺在5号床上。哈哈。我说，不怕再来一刀？操，麻醉了，怕哪样？不怕换药？嘿嘿，都挨过两轮了还怕个屌。他忽然盯着我说，换药疼吧杜哥，试试我的新药？中华二号。我惊呆了。他掏出一只小药瓶，瓶内有芝麻大的药丸。一种新型麻醉剂，他压低声音，换药前塞肛门，疗效奇佳，塞进去你就感觉不到疼了，你就可以跟换药的小医生们说说笑笑了。操！我说，你他妈的就不怕——杜哥，想好了赶紧找我，给你六折。来来来，牛肉归你，牛舌归我。我拒绝了他的好意。他明显讨好我，至少主动示好。他明知我讨厌他，恨他，想揍他，扒他的皮。但我已经错过了最佳时机，不可能再对他干点什么了。一点办法也没有了。小冯嬉皮笑脸，大吃特吃，护士查房时埋怨烧烤味太大，让他换个地方，比如走廊。他傲慢地扬起脑袋，让你们刘主任来！小护士偃旗息鼓，从小冯手中得到十来只小牛肉串，外加一通夸奖，她红着脸举着肉串小跑出去了。我走出病房，伤口钻心地疼。我沿走廊从西到东，又从东到西，直到身体渐渐热起来，出了一层热烘烘的细汗才停下，觉得有必要给苏粒打个电话，告诉她我的病情，同时征求她的意见。我拖拖拉拉下楼出门。光华街行人不多，青石板路硬邦邦的，它们已经存在了几百年，被无数只脚打磨得闪闪发亮。石头，本来就是这个世上最硬的东西，哪怕被人踩来踩去，终究还在这里，还躺在这条街上。我在头一次吃米线的小店要了一碗卤面，歪着屁股吃完，慢慢回到医院，猛然想起我没打苏粒电话。算了，打不打都一样，就算接通，结果还是一样。我想起冯戈的新药，塞进肛门的新型麻醉剂，到底是真是假？胡扯，麻醉品也敢卖?！我想不明白。但有一点可以肯定，他非常享受，也毫不害怕。我不明白像他这种小子，还有什么东西能让他害怕。我返回楼上，扑鼻的食物味人味垃圾味消毒水味死气沉沉，像泡在福尔马林里的标本。病友们又在换药室门前排起长队，等候钻心疼痛，然后惨叫，然后提拎裤头露着老二，冲医生谄媚地傻笑。在患病这件事情上，我们多么无辜啊，这让我们之间多了一种隐秘的悲凉。但是，今晚，我烦透了，忽然萌生逃跑的念头——至少，今天不换药了，看他们拿我怎么着。但几分钟后我就泄了气，拎着黑袋子一步步挪动，加入病友的行列。我没胆量逃走，连一次换药也不敢错过。我是个软骨头，白活那么大年纪了，我他妈只是个软骨头。塑料袋子擦拉擦拉响，里面像装着一大堆秘密武器。大头小李擦拉擦拉冲到我前面去了，冲我挥了挥手。我慢慢跟上，守在队尾，得知今天换药的正是刘医生。

大头小李龇牙咧嘴擦着我的肩走出去。小小出现在门口，性感妖艳，高耸的乳房几乎从低胸衣领里面蹦出来。她娇媚地伸开双臂迎接他——果然，她回来了。骂不走打不跑。她甜甜叫我一声，杜哥。我说，哎，几天不见。她嘻嘻一笑，搀住大头小李，踩着尖刀似的高跟鞋往前走。小李冲我比个OK，用力晃了晃。我一阵难过。但搞不清楚为什么难过。我挑帘子进去，按老规矩背对医生躺下，蜷起两腿。她戴蓝口罩，长发束在脑后。我闻到她温暖香甜的气息，和小马医生的青春气息颇不相同。没人说话。我们在沉默中互相配合。她手法高明，就像我头一回躺在手术台上，小钩子小药棉恰到好处。我呢，不时像蛆一样拱一拱，再拱一拱，好让她精准修补我的窟窿，让药物直抵病灶。她说我恢复得太差，和术后没多少区别。奇怪的是，我没觉得太疼，至少比从前，比昨天舒坦多了。我怀疑是不是塞了小冯的中华二号。不就是那些东西吗，棉球、酒精、碘伏、软膏，没别的了。然而刘医生的小钩子带着某种柔软，小棉签也以漂亮的收束转身，向深处探去，趴下，吸吮，再温柔地离开。依你看，我还要住多久？我说。最少二十天吧，她说。哦。我竟然如释重负。你习惯了？习惯了的人，都想长住。她在我腰上轻轻拍了拍。我谢了她，低头拽上裤子，系上腰带。我相信，也就短短两三秒，我老二露出来了。我忽然意识到，对她来说我从始至终没什么秘密，也谈不上什么隐私，我完全暴露在她的目光之下。一会儿来我办公室，她忽然说。我的心怦怦直跳。我走出去，外面还有两个病人。我在走廊椅子上歪过屁股坐着，等着。那两人很快结束了。刘医生拽下手套走出来，冲我微微一笑。我跟上，随她走进办公室。她摘下口罩，露出似有无数条蚕丝均匀缠绕的脸。她问我，你什么打算？我说，继续治病呗。她说，这就对了。别多想，想了也是白想，过去的就过去吧。她是对的，想多了全是白想，二者没有本质区别。现在伤口隐隐作痛，似乎提醒我只有它才是真实存在的，只有它才是我必须关心也是唯一关心的东西。今天换药你一声没哼。是吧？不疼啦？今天真不疼，刘医生技术高超。她说，不是我的原因，是你习惯了。她笑了笑，似乎颇感欣慰。给你看样东西。她走向立柜，打开，从下面拎出它。是的，当然是它，我专为小马买的金鱼缸。我一下子喉咙发紧。但我明白，任何泛滥的感情既无作用，也没意义。我也许正是为此而难过，为意识到这东西的无用而难过——我连她名字都叫不上来。院方早就摘掉了她在走廊医务人员简介里的照片，抹掉了任何与之有关的细节。你在走廊上也好，医生办公室也罢，再也看不到小马医生的信息了。再也没有了。你拿走？还是，我们留着？刘医生看着我。她依然保持傲人的身材，两腿又长又直。鱼缸上似乎落了一层薄灰。我捧在手里，不知怎么办。她看着我，深黑的眼眸仿佛正对我实施催眠。不，准确说，实施麻醉。一场精湛绝伦的麻醉。我不能动弹，冰冷的鱼缸渐渐温热，一缕白光在其略有凸起、并不十分光滑的玻璃表面上散射，就像进入麻醉深处的幻觉。门外没有多余的声音，除了病人的哼哼声脚步声再也没有多余的声音。他们走得多慢啊，像拖着脚镣承受没完没了的苦役。走啊，走啊。决定了吗？你拿走，还是我留着？她的声音提高了。我不知如何回答。你还在乎它吗？我仍不回答。在乎？我没说话。不在乎？我还是没说话。没什么想法？没有，我说话了。我没什么想法。大约半分钟后，我轻声说，有水吗？我想喝杯水。

小说的诱惑

——深入《向死之先》

耿占春

"我不认为我们之间不道德，我认为我们之间也就是简单的男欢女爱……"一个故事就这样开始了叙述，一个哑女"正面全裸"，故事悬念迅速构成了，而且非常有效。小说的开头是一个诱惑，悬念就是诱饵，它诱惑我们读下去，或者说，听"我"讲述下去。或许缘于故事的讲述者是一位国家级的足球运动员——他写过一系列足球小说，即关乎足球运动员情感世界与日常生活的小说——他不会拖泥带水，他的叙述直截了当，而且善于迂回曲折、出乎意料，但在出乎人们意料之处总是让读者与生活的逻辑猛然相撞，或者与我们心中的渴望重逢，即使小说家最终给予我们的是对这种逻辑的质疑。

"那么，去找她。把她找回来。把她带走的钱找回来。"这是《黑夜之黑》开头给读者布置的一道"夜幕"，让人想一窥究竟。是我们的欲望在跟随着故事。我们被一种声音带走。小说的悬念是一种欲念，想知道“她”是谁，讲故事的“我”又是谁，发生在他们之间的是什么。在陈鹏的小说里，以欲望形式出现的“悬念—欲念”，不只是作用于身体的功能，它显现的是一种认知的欲念，一种求知的欲念，或者说，它由窥视的欲望、探知他人—她人的欲望开始转向叙事认知的欲念。小说叙述通过欲望的元素将我们引入生活世界的认知领域。最终我们从小说中理解的，总是我们自己和我们自己所过的生活，一种未被叙述的生活，仿佛由于未被叙述而缺少了某种意义。

就像陈鹏小说所显现的，从神秘或神话开始，到垃圾结束，或者相反，由不经意的逢场作戏开始，到隐隐约约的苦恼结束。

而事实上，陈鹏的叙述比本然的生活逻辑更进一步，他从不提供结束。开端是悬念，结束仍然是悬念。开端是欲望，结束仍然是欲望，深入求知的欲望，被转化的欲望或自我认知的欲望。一种欲念总是让我们贸然打破自我封闭，与他人—她人冒险链接，认知的欲望让我们勇于跟生活世界的不确定性和未完成性相连接。无论是安娜在火车站与一个英俊男人的联结，还是里厄医生将自身投入一场鼠疫。

在陈鹏这里，小说布置的悬念通常需要经由“我”的讲述得到解释，但我们会看到，“我”或小说中的叙述主体，由于置身于纷繁的事态，即置身于和他者的未知关联或不完全的知情状态，我们的认知欲望也会跟身体欲望或生活欲念一样，遭遇到相似的挫折。他者是另一个主体，人与人的联结时常断裂或模糊不清，即使在欲望相互短暂的联结之时。

小说充满场景与细节，同时也密布缺席、不在场，或知情不足，缺乏连贯的叙述不是因为小说家缺少某种叙事技能，恰恰相反，不连续的、碎片化的叙事缘于对真实的尊重，缘于求真的内在渴望。作为曾多年从事新闻工作的职业记者，我们面前的这位作家陈鹏，亦写过一系列非常精彩的“新闻调查”式的小说。调查就是寻找缺席的、不在场的和失去相互依存关系的部分。

因此阅读陈鹏的新闻调查式的小说，就具有了不断深入的“侦探式”叙事的紧张感。深度新闻调查与侦探工作一样，让单一叙事主体消失在扑朔迷离的叙事声音之中，它是一种充满悬念也充满怀疑精神的叙事，是线索纷纭复杂而又希望复原生活现实的认知型叙事。最终，跃然纸上的是一种超越了个别案例或某个特殊生活经历的叙述，叙述者总是将他的叙事领域即调查领域扩展到人们生活的整个当下世界，扩展到人们的内心深处及其潜意识领域。

由此可见，深度“新闻调查式的小说”对小说家而言，他所要讲述的就不只是某个初始的案件，“侦探”的深入要求对涉事个人的内心状态、家庭与社会生活环境的详尽描述，似乎出现了与知情不足的有限叙述相反，陈鹏小说常常体现出一种“详尽的生活观”和一种详尽的描述性的精神分析观。这意味着，知识型的“侦探”不会扮演法官的角色，无论对深度新闻调查还是生活世界的侦探来说，小说都是一种非罪化的叙事，与其说这种类型的小说叙事是提供给生活法官的证词，不如说是提供给生活的辩护律师的叙述。如果说小说家心中有一种“法”的观念，那就是一部没有文字的“自然法”：生活世界不断对人性进行“归化与顺服”，却带来了更破碎的生活，一种遭到不断损毁的人与人之间的相互依存关系，它给人诱惑，却让人失望、愤怒、冷漠或呆若木鸡。但小说家并未到此止步，他总是在缺乏生活叙事连贯性的地方，在无法言说的尴尬处境或在生活的破碎处，企图把我们引向被生活的垃圾化所遮蔽了的人性的起源。

而陈鹏小说对人性的描述有着一种令人尴尬的直率，他直面真实的描述甚至需要阅读者克服那些唯美主义的阅读习惯，忘掉某种习以为常的文学腔调。足球运动员的迅猛力量，记者新闻调查式的敏感，侦探式的怀疑与求真态度，在陈鹏这里融聚成一种独特的小说叙述风格，它有如人类学的深描，但比人类学的田野调查范围更加深入，细节与结构也更为繁复。

陈鹏对小说的热爱是稀见的，他似乎具有一种将一切经验和闻见之知转换为小说的能力。对于当下这个信息爆炸的时代而言，什么构成了小说的诱惑或独特魅力？在当代知识分化或语用分类严谨的世界中，陈鹏颇具先锋意味的小说让我们看到，小说叙述开辟了一种独特的话语空间，一种非罪化的认知性话语，它与欲望相似，它并不企图归化与顺服人性，而是一种与人性的复杂性携手并进的文化。因此，小说不断地骚扰关乎人类社会的知识分类，文学、历史、哲学、新闻、街谈巷议……正如陈鹏的写作，同时也不断地逾越小说、诗或随笔，不断地突破固有的认知边界。在叙事逻辑断裂的地方，小说家使用着诗的句法与经验的并置，以组织起破碎的经验世界。

他以出人意料的方式描述着人与人之间“无关系的关

系”“无个性的个人”和种种令人迷惑的欲望，描述着欲望的不足和欲望的过度，以及同样的感受过度和感知的不足。“年轻姑娘的美总是让我紧张又困惑”，《麻醉》中的“我”如是说，而读者总能从这些改头换面的生活面具下和声音里辨认出我们自己的面容。

我们对他人—她人的欲望，既是一种生活中的隐秘欲念，也是一种经由他人生活叙述的中介进行自我确认的欲望，或许同哲学一样，或许比哲学更加生动。小说提供了经由“聆听他者的声音”——跟随他人—她人的欲望——移情于他者——自我认知——实现一种具有认识论意义的内心步骤。与现实中的窥视欲不同，它不仅不是一种对隐私权的侵犯，反而通过聆听他人内心的声音，敏感化了对他人、进而增进了对人之本真性的理解。就是这样，阅读小说从窥视他人—她人隐私生活的欲望开始，到逐渐过渡到认知自我的欲望结束。

加缪在《鼠疫》的开头引用笛福的话说：“用另一种囚禁生活描绘某一种囚禁生活，用虚构的故事来陈述真事，两者都可取。”作为读者，我们的生活欲念会在小说的虚构性“麻醉”状态中时刻醒来，同时更新对生活世界的感知。

陈鹏主要作品发表目录

（截至2021年）

1992年在《滇池》杂志发表短篇处女作《老牛》。

1993—1996年在《滇池》《青春》《萌芽》发表短篇小说《追踪》《经过》《你病得很厉害》《冰冰的声音》等。

《星期五下午四点三十四分》·短篇　《滇池》2007年第9期

获2008年滇池文学奖

《奶牛住进我们家》·短篇　《滇池》2008年第4期

《水岸》·中篇　《大家》2008年第5期

《一桩事后张扬的凶杀》·中篇　《大家》2009年第1期

《门》《隧道》·短篇　《边疆文学》2009年第1期

《坡顶上的黄房子》·中篇　《边疆文学》2010年第7期

获2011年边疆文学奖

《闯入者》·中篇　《滇池》2011年第11、12期合刊

《记者手记之乌蒙》·短篇　　《小说林》2012年第3期

《香草美发室》·短篇　　《山花》2012年第6期

《青铜》·中篇　《凌晨三点的卡瓦格博》·短篇

《十月》2012年第4期

《开往糖厂的末班车》·短篇　　《文学界》2012年第8期

《去越南》·中篇　　《滇池》2012年第9期

《西区现场》·中篇　　《文学界》2013年第1期

《不准调头》·中篇　　《小说林》2013年第1期

《宋代美人》·短篇　　《飞天》2013年第2期

《绝杀》·中篇　　《十月》2013年第2期

《去年冬天》·中篇　　《青年文学》2013年第5期

《零度以下》·中篇　　《文学界》2013年第9期

《皮草》·短篇　　《北京文学》2013年第9期

《两点钟方向的叶捷娜·卡佳》·短篇　　《大家》2013年第5期

《今年夏天》·中篇　　《青年文学》2014年第1期

《第56个》·中篇　　《十月》2014年第1期

《云破处》·中篇　　《当代》2014年第2期

《苏咕毒消失》·短篇　　《长江文艺》2014年第4期

《刀》·长篇　　《十月》2015年长篇卷第1期

《私奔》·中篇　　《天津文学》2015年第2期

《车位》·中篇　《青年文学》2015年第3期

《审讯》·中篇　《小说林》2015年第4期

《今年夏天》·中篇　《青年文学》2015年第7期

《半生》·中篇　《十月》2016年第1期

获第八届云南文学艺术奖一等奖

《清白》·短篇　《莽原》2016年第1期

获2016年莽原文学奖

《拓东，拓东》·中篇　《芙蓉》2016年第1期

《儿子》·短篇　《青年文学》2016年第5期

《告密者》·短篇　《红豆》2016年第5期

获2016年红豆文学奖

《低地》·短篇　《天涯》2016年第4期

《斑马》·中篇　《山花》2016年第9期

《然而》《一旦》·短篇二题　《江南》2016年第5期

《夜奔》·中篇　《青年文学》2016年第11期

《禄苴》·短篇　《青年作家》2017年第7期

《大理》·短篇　《长江文艺》2017年第8期

《请你，给我一个工作》·短篇　《青年文学》2017年第9期

《关于哈里·阿特的九个瞬间》·短篇

《湖南文艺》2017年第10期

《谁不热爱保罗·斯科尔斯》·短篇

《北京文学》2017年第12期

《正面全裸》·中篇 《小说林》2018年第3期

《败坏》·短篇 《香港文学》2018年第12期

《不是，旧鞋》·短篇 《天涯》2019年第1期

《岛》·中篇 《小说林》2019年第1期

《第三杯酒》·短篇 《红岩》2019年第2期

《我在等一个电话》·短篇 《江南》2019年第3期

《苏童来了》·短篇 《小说林》2019年第4期

《虎鲨》·短篇 《收获》2019年第5期

《鳄鱼》·短篇 《青年文学》2019年第11期

《麻醉》·中篇 《西湖》2019年第12期

《我和马原在洞庭湖底》·短篇 《作家》2019年第12期

获第五届华语青年作家奖短篇小说提名奖

《斗不败的牛》·短篇 《雨花》2020年第1期

《-700cc》·长篇 《江南》2020年第1期

《黑夜之夜》·中篇 《山花》2020年第2期

《翠湖》·短篇 《小说林》2020年第2期

《麋鹿》·短篇 《收获》2020年第2期

《十四又二分之一》·短篇 《长江文艺》2020年第6期

《十一月的右前卫》·短篇	《草原》2020年第11期
《天门的陆羽》·中篇	《作家》2020年第11期
《直视太阳》·中篇	《江南》2021年第3期
《你好，桑丘·潘沙》·短篇	《天涯》2021年第4期
《复制8月4日》·短篇	《清明》2021年第4期
《鱼雷》·短篇	《草原》2021年第8期
《边地》·中篇	《作品》2021年第10期
《旁观者》·中篇	《作家》2021年第10期
《暴力》·中篇	《青年作家》2021年第11期